小学館文庫

増補版

九十八歳。戦いやまず日は暮れず

佐藤愛子

小学館

もくじ

ポイ
ポイ

単行本未収録集

佐藤愛子（さとう・あいこ）

大正十二年大阪生まれ。甲南高等女学校卒業。昭和四十四年『戦いすんで日が暮れて』で第六十一回直木賞、五十四年『幸福の絵』で第十八回女流文学賞、平成十二年『血脈』の完成により第四十八回菊池寛賞、二十七年『晩鐘』で第二十五回紫式部文学賞を受賞。二十九年春に旭日小綬章を受章。エッセイの名手としても知られ、二十八年に刊行した『九十歳。何がめでたい』は、二十九年の年間ベストセラー総合第一位になった。近著に、本作のほか『人生論 あなたは酢ダコが好きか嫌いか 女二人の手紙のやりとり』（小島慶子との共著）『気がつけば、終着駅』『思い出の屑籠』などがある。

増補版

九十八歳。戦いやまず日は暮れず

こうしてソレは始まった

六星占術を勉強している知人から、佐藤さんは来年、天中殺に当ります、気をつけて下さい、といわれたのは、二〇一六年の秋のことであった。

天中殺とは何なのか、詳しいことは何も知らない私だが、何だかむやみによくない事が起る年だということぐらいは知っていた。昔、私の質問に答えてくれた占いの先生は、

「例えばですね、魚を食べる筈《はず》の人が逆に魚に食べられてしまうというような、そんな廻《めぐ》り合せの年です」

と教えてくれた。こうなる筈のものがすべてそうならなくなるのだそ

うだ。

　我々はその生れ月日によって必ず天中殺に巡り合う、と先生はいわれた。いかなる偉人もそれを回避することは出来ないという。天の運行に従って、この地球に春夏秋冬が廻って来るように、十二日ごとに二日、一年のうち二か月、十二年ごとに二年、それは廻って来るそうだ。だからその時期に事業や商賣《しょうばい》、引越、結婚、就職、恋愛など、それまでの生活になかったようなことを新しく起すと、必ず困難が生じてハチャメチャになって行くとか。

「もし、それを無視してやってのけたらどうなりますか？」

「困苦に見舞われ結果としては空しく滅び去ることもあります」

　といわれた。

　そう聞いて私は改めて「納得！」という思いだった。今までの私の度重なる結婚の失敗は、天中殺のためだったのか！　私の我儘《わがまま》、乱暴のせいではなかったんじゃないか！　娘が高校受験でおっこちたのも、アタマが悪いからではなかったんじゃないか！　アレもコレも不都合なことは全部、天中殺のせいにしてしまえば気が楽だ。いちいち反省したり、改心したり、悲観《ひかん》する必要はないのだ……。

いつだったか我が家に白晝《はくちゅう》強盗が入った。あれも天中殺だったのか？　いや、待てよ、あの時、強盗は私の一喝を浴びて一物も盗《と》らずに逃走した。……ということは、強盗の方が天中殺だったのかも。

イヤ、これは愉快だ。こんなふうに考えれば、すべてに気が楽でいい。天中殺だったのだ、の一言で、朗らかに元気よく暮せるではないか……。

そんなくだらない戯《ざ》れ言《ごと》をいってすべて後先《あとさき》考えず、困苦を困苦と思わずまっしぐらに生きて来た私である。九十歳を過ぎてから、「気をつけて下さいね」といわれても、緊張するわけがないのだった。

そして二〇一七年が来た。天中殺の年である。丁度「女性セブン」に連載していた「九十歳。何がめでたい」が単行本になって賣《う》り出され、それがどういうわけかむやみに賣れたので何やら忙しくなって来た。連載中からの担当編集者だった橘髙《きったか》さんは、引きつづき単行本も作ってくれている。その橘髙さんから電話がかかって来ては、「増刷、三万部することになりました」「四万部増刷です」「三万部増刷です」と報告される。

「へえ、そうですか……」

と私はいい、

「なんで賣れるんですか？」

と訊かずにはいられない。長い経験では私の本は初めはいくらか賣れるが、すぐに裾すぼまりになるのがいつものことで、「賣れつづける」なんてことは六十年の作家生活で一度も経験したことがなかったのである。賣れてるといわれて狂喜乱舞するような、そんなウブな私ではなくなっているのだった。

そのうち色々なメディアからインタビューの依頼が来始めた。だいたいがそんな難かしいことを書いているわけではなく、戯れに気楽に書いていたものだから、インタビューをする方もされる方も気楽である。毎日のように来るインタビュアーに機嫌よく応じていた。テレビに出るのは嫌いで、もう何十年も出たことがなかったのが、なんだか勢《いきおい》がついてしまってノコノコ出かけて行く。三十代、四十代の元気横溢していた頃と同じような毎日になって行った。

世間に顔を晒《さら》すと話題になり宣伝になり、本が賣れる。私は生れて初めて、ベストセラー作家というものになったのだった。『九十歳。何がめでたい』がベストセラーになったのは、中身の問題ではなく、そんな私の身を挺《てい》しての成果なのですよ。

そんなこんなで二〇一七年は暮れた。十代の頃からの生き残りの友達から電話がかかり、

「アイちゃん、あんた、今年はええ年やったたやないの。天中殺やなんていうてたけど、最高の年やったわねえ」

そういわれて思い出した。そうだ、今年は「魚を食べる筈が逆に魚に食べられる」年だった……。

「ン、まあ、わたしの一生なんて、こんなもんですよ。だいたい人間が

アマノジャクなところがあるから、運勢もアマノジャクなんやよ」

と答えたが、「あんたにかかったら、天中殺も逃げ出したんやねえ」

と友人は感心している。

そのあたりまでは元気だった。矢でもテッポウでも持ってこい、という勢だった。だが、大晦日に近付いて来た頃には、

「本が賣れて何がめでたい」

と呟《つぶや》くようになっていた。「いう」のではなく「呟き」である。つまり、大声でいう気力が衰えていた。とにもかくにも静かに暮したい——。思うことはただそれだけだった。

天中殺だってー
天中殺ってなに?

ヘトヘトの果《はて》

明けて二〇一八年の正月をどんなふうに過《すご》したか記憶は曖昧である。心覚えにつけている日記を開けてみると、「アホウのように一日を過す」と、一行のみだ。

一月二日は「ただボーッとして冬枯の庭を眺めていた」だけ。そのうち、ヘトヘトという言葉が散見されるようになっている。

「何もしていない。なのにヘトヘトなのはなぜだ！」

と、ヘトヘトになりながらもその語調にはまだ私らしい勢《いきおい》があった。

そのうち「終日ヘトヘト」という半行だけの日が出てきた。

「ヘトヘト」ばかりでいったいどんなヘトヘトなのか状況説明がない。

これが他人《ひと》の文章なら、

「それを書かなければよくわからんじゃないか！　ヘトヘトのありようを。中身を。どんなふうにヘトヘトかを！」

と文句をいっているところだが、そう思うだけでそれ以上アタマは動かないのだった。

大晦日には一応、おせちらしいものを用意した。雑煮の支度もしてある。昆布だしもとってある。だがお餅を焼くのが面倒《めんど》くさい。おせちのお重の蓋を開けるのも面倒くさい。第一、何も食べたくない。食べるのも面倒くさい。目の前にテレビはあるが、つけない。

今頃テレビの中ではめでたいめでたいとさぞかし盛り上っていることだろう。二〇一七年が二〇一八年になっただけのことをそんなに興奮してめでたがらなければならないという法律があるわけではないのに、これも浮世の義理、習いというものなのか。孫が、氏神さまへ初詣に行こうと誘いに来たが、ヘトヘトだから行かない。人は来ず、電話はかからず、紛れるものがないので、いやが上にもヘトヘトは盛り上るのである。といって年賀の人にやたら来られたら、それはそれでヘトヘトになることは目に見えている。

そうして漸《ようや》く七草も過ぎ、ヘトヘトなのに落ち着いたというか、ヘトヘト馴《な》れしたというか、「ヘトヘトの平穏」ともいうべき日々がつづいた頃、

「ごめん下さいまし」

よく響く明るい声が玄関から聞えてきて、ヘトヘトの平穏は破られた。声の主は三十年来の友達で、八十歳を越えているのに、六十代に見えるという（それを自負している）いつも元気イッパイのK子さんである。

「ああ……いらっしゃい」

と答える私の声は今は地声となってしまったヘトヘト声である。しかしK子さんはそれに頓着せず、

「今日はねえ、卯の花を煮て来ましたのよ」

元気イッパイの声である。

「卯の花」とは「おから」のことだ。つまり豆腐を作る時に出るカスのことだ。子供の頃、私はおからは豚の餌《えさ》だと思っていた。私の家は人の出入りの多い家で、父の職業上、お手伝いのほかに書生や居候が何人もいたが、その中の居候の安《やす》さんという男はいつも飯炊きのおすえばあさんからおからを食べさせられ、

「おい、ばあさんよ、おからってのは、豚に食わせる餌だぜ」

とお膳《ぜん》に向ってはぶつくさいうのがいつものことだった。おからは豚

の餌だと私が思い込んだのはそのためだ。

安さんはいつから来たのかよくわからなくなっているくらい古くからいて、何の仕事をしているということはなく、ただぶらぶらしているとしか見えなかった。昭和の初め頃のことだ。世の中は不況で失業者が大勢いた。仕事がないので収入がない。収入がなければ住む所がなくなる。住居がなければご飯も食べられない。結婚も出来ない。というわけで、仕方なく他人の家に厄介になる。一日か二日、泊めてくれといって入り込んで、そのまま居つく。仕方なくご飯を食べさせはするが、小遣いまで与えるほどの余裕もなければ義理もない。私の父は、

「しょうがない、いさせてやれ」

と簡単にいう人だったので、必然的に我が家にはいろんな人、書生なのか居候なのか、わけのわからない男たちが玄関脇の六畳で将棋を指し

たり、本を讀《よ》んだり、抜いた鼻毛を障子の桟《さん》に並べたりしていた。安さんはその中での古株で、徹底的に何もせず、

「ああ、寒いなあ、今夜は熱燗《あつかん》に鮪《まぐろ》の刺身といきたいねえ」

などといっている。おすえばあさんは安さんを親のカタキのように憎んでいた。

ヘトヘトの話がおからになりかけて、そして居候の話になってしまった。書いているうちに話の筋道が勝手な方へ行ってしまう。これが九十五歳の作家のなれの果の文章です。もう書くのはやめた方がいいと思いつつ、なぜか書いている。

人間というものは全く、不思議なものだなあ。これを人間の業《ごう》とでもいうのだろうか。それともこの私めのオッチョコチョイ性に問題がある

のか。

そう反省しつつ、話を戻します。

K子さんのおからはそれは見事なものだった。K子さんはおからを「卯の花」という。この人はすべてにお上品を心がけている人で、その点、野人を標榜している私にはそれが気に入らない時がある。しかしこのおからはまさしく「卯の花」と呼ぶにふさわしい優美な色あい、きめの細かさは絹のよう、食べるより先に見惚《みと》れてしまう。おすえばあさんのおからとは粘土と白砂の違いだ。

「卯の花は裏漉《うらご》しが大切なんですよ。心を籠めて、ゆっくり、しっかり裏漉しするんですよ。粗っぽくやっては絶対ダメ……」

粗っぽくもヘッタクレも私なんぞはいきなり鍋に食用油をダーッと入

れ、おからブチ込んで杓子《しゃくし》でかきまぜている！

「この絹のような風合を出すには、やはり作る人の心根が大切ですわね。お宅の裏漉器はどのようなものをお使い？　馬の尻尾で出来ています？」

知らんよ、馬のシッポ？　そんなこと知るか！　私の全身を蔽《おお》っているヘトヘトはジワジワと重みを増した。K子さんのなめらかな声は高まっていく。

「人参《にんじん》、ごぼう、それにおこんにゃく。蓮根《れんこん》に油揚……そうだわ、桜えびも入れました。それではんなりとうす赤が加わって、なまめかしくなりましたでしょう？」

その時私のヘトヘトは消え、頭がカッと熱くなった。健康な頃に燃え上ったあの馴染みの憤怒《ふんぬ》のカタマリが胸のあたりに生れたのだ。もうこれ以上、つき合いきれぬ！　という思いがハチ切れそうだった。いや、実際にハチ切れた。コンニャクに「お」なんかつけるな！　とひとりで喚《わめ》いた。

コンニャクに「お」をつけただけで、なにもそんなにカッカしなくても、と讀者《どくしゃ》のみなさんは思われるでしょうな。その通りである。私の理不盡《ふじん》はよくわかっている。しかしである。私はガマンにガマンを重ねたのだ。ヘトヘトを更にヘトヘトにさせる安モノの「お上品さ」にもガマンしようとした。だがダメだった。

「へ……へ……へ……」

と私は喚いた。私はヘトヘトなのだといいたかったのだ。しかしいいもあえず私の頭からスーッと血が引いて全身がグニャグニャになり、私はひっくり返っていたのである。

どこまでつづくヘトヘトぞ

私のヘトヘトはただのヘトヘトではなかった。私はレッキとした病気だったのである。

「一度、ちゃんとした心臓検査をする必要がありますな」

と主治医のS先生にいわれた。何年か前から毎朝高血圧の薬を飲むようになっていて、血圧手帳というものに朝夕の血圧値をつけて月に一度、主治医の検分を受けていたのだが、その指示に従っているのはS先生への義理みたいなものでしているだけで、私自身は何の心配もしていなかった。血圧の高下なんて気にも止めていなかった。年をとれば血圧くらい上るわいな、という気持だった。年相応の肉体の弱りは自覚していたが、それが九十五歳の「自然」であればしょうがないがな、と気らくに考えていた。

自覚症状といえば、元気が出ない、一日中、誰とも会いたくなく、じーっと坐《すわ》っていて、ご飯も食べたくない、お茶を飲むのも面倒《めんど》くさい、ということの外に、どこが痛いとか苦しいとか熱が出るなどの症状はないので、「いや、どうも、毎日ヘトヘトでね」といいながら、次第にヘトヘトに馴《な》れ、ヘトヘトを口実にすればしたくない仕事はせずにすむ。会いたくない人には会わずにすむ。ヘトヘトにはいいところもある。苦あれば楽あり、楽あれば苦ありだ。プラスの裏にはマイナスが潜み、マイナスがプラスを産むこともあるのだ。すべてに面倒くさがり、不精者の私にはヘトヘトのおかげで好き勝手が通せるというよき面もあったのだ。

そこへいきなりの「心臓検査」だ。検査なら既にS先生のところで心電図やらレントゲンの検査をしている。その時、何もいわれなかったので私は楽観《らっかん》していたのだ。なのに病院へ来ていわれたのだ。

「ちゃんとした検査を」と。

「ちゃんとした」検査とはどういうことなのだ？　私は病院が嫌いである。町のささやかな医院が好きで、だからS先生にはもう五十年近くお世話になっている。

どれくらい前のことか、思い出せないくらい昔のことだが、私はS先生から胃カメラ検査を勧《すす》められた。食事中、それも家ではなく他人と外食している時に、貧血のような症状になって気を失いそうになることが何度かあった。そのためである。胃カメラ検査といえば食道から胃の中へとカメラを突っ込まれると聞いていたから私は抵抗した。だが先生はいやなに、たいしたことはないです、麻酔をしますから痛くも痒《かゆ》くもない、アハハ、とこともなげにいわれ、その笑い声に負けて私は胃カメラ検査の専門病院へ行った。そしてどんな目に遭ったか。まあ、聞いて下さい。

胃カメラ検査では事前に体調その他についての質問をされる。質問をするのは助手と思われるピンクの作業衣を着た厚化粧の中年女性である。彼女は私の体調や過去の病気について質問をしたが、そのうち今までに麻酔のために異常が起きた経験はなかったかと訊いた。ありません、と答えようとして、その時ふと思い出したことがある。何年か前のことだ。歯科医院で抜歯をすることになり、歯茎に痛み止めの注射をされたのだが、抜歯する先生が何やら支度をしているうち、なぜか急に心臓がドキドキし始めた。

「なんだか、心臓がドキドキするんですけど何なんでしょう」

なにげなくいった。その一言で抜歯は中止になったのだった。だが二度目（その翌日）は何ごともなく無事に抜歯はすんでいる。

そのことを私は助手先生に話した。すると助手先生はものもいわず奥の部屋へ駆け込んだ。なかなか出て来ない。それからやっと出て来て、スラリといった。

「では、麻酔なしでやります！」

えーっ、という声も出ない。沈黙のまましばし睨《にら》み合う。私は気をとり直し、やっとの思いでいった。

「そ、そんなこと……出来るんですか……」

「出来ます」

又してもスラリと一言。そ、それは出来るだろうけど、される私はどうなる！

私はフヌケとなって彼女に背中を押されるままに検査室に入り、いわれるままに眼鏡を外し、入歯を外し、いわれるままに検査台の上に仰臥《ぎょうが》し、ヤケクソで俎上《そじょう》の鯉《こい》となる決意を固めたのであった。

検査医は見事な白髪の、恰幅《かっぷく》のいい老人だった。一見、「白猩猩《しろしょうじょう》の長老」という趣だったが意外に優しい口調で、「大丈夫ですよ、気をらくにして」というなり何やら固い大きな器具を口腔《こうくう》いっぱいに嵌《は》め込んだ。それでもう、文句をいいたいにも何もしゃべれないのだ。

そうして何とか、検査は終った。長老は名手だったと思う。決死の覚悟を固めるほどには苦しくはなかったし、時間も早かった。時々、「オエーッ」とえずきはしたが、カメラは順当に食道から胃を廻《めぐ》り、食道に炎症があることが判明して、すべておさまった。つき添いの娘はよかったよかった、おばあちゃんのことだから、また何か異変が起きるんじゃないかと心配してたんだけど、と悦《よろこ》んでくれた。しかしその後、歯医者さんにその話（麻酔なしになったいきさつ）をしたら、歯医者さんは笑っていわれた。

「それは大変でしたね。しかし抜歯の麻酔と胃カメラ検査の麻酔とは全く異質のものですからね。そんな心配は無用なんですがねえ……」

私が何か行動すると必ず普通ではない事態になるのは昔からで、友人から、「あなたに三日会わないと、その間に必ず何か起きてるねえ」といわれ、会うのを楽しみにされたものである（「しかしこの人は何かが起るんじゃない。自分から起すんだよ」と今は亡き中山あい子はいったけど）。

さて心臓検査の日は七月十一日だった。検査の時間は三時からだが、早めに家を出て病院に着いたのは二時前だった。玄関受付で診察券を出し、指図に従って検査受付の窓口へ行って名を名乗ると廊下の椅子で待てといわれ、その通りにする。どれくらい待ったか、とにかく長かった。やっと名前を呼ばれ窓口で書類を渡された。

「これを讀《よ》んで、署名して下さい」

といわれる。廊下の椅子に戻って讀んだ。「同意書」とあり、検査の説明がされている。説明を讀んで納得したら、検査を受けることを同意した印の署名をするらしい。讀み進めるうちに私は驚くべき一行にぶつかった。

「検査の当日は朝から何も食べないこと」

そんなことは全く知らなかった。誰も教えてくれなかった。知らないままに私は食欲がないので朝食はぬき、昼食《ちゅうしょく》も欲しくないので、桃を、それも半分だけ無理に食べて出て来たのだ。

私は検査の窓口へ走った。

「すみません。私、十一時頃に桃を食べてしまったんですけど。食べてはいけないとは知らなかったもので……」

いい終えないうちに窓口の女性は奥へ走って行った。十五分後に検査が始まることになっている。すぐに彼女は現れた。丁寧に化粧をし、なかなか可愛い顔だが人形のように無表情である。彼女はいった。

「それでは今日の検査は出来ません」

「桃半分でもいけませんか」

と私は食い下がった。食べたのは十一時頃ですから、もう三時間は経ってます……検査は心臓なのですから、胃とは関係ないんじゃありませんか……。

彼女は事務的にいった。

「それでは二週間後、三時に来て下さい」

なおも私は食い下がり、すみませんが、ではあと二時間ここで待たせて下さいませんか。そうすれば五時には桃も完全に消化し切れてると思うんですけど……一個じゃない、半分なんですから……。

彼女はきっぱりといった。

「五時には検査室は閉めるんです」

桃食ったむくい

桃を食べたといっても一個の半分である。それも食べたくて食べたのではない。検査が長丁場になった場合、丸一日何も食べていないのではたださえヘトヘトの心身が危い。それが心配で、食欲がないのに無理に半分食べたのだ。そのために私は丸一日を病院の廊下で空費し、つき添いの娘から、

「なんで桃なんか食べたのよう！」

と文句をいわれつつ、ヘトヘトのお重ねになって帰って来たのだった。

晩ご飯も食べる気がせず、呆然《ぼうぜん》と坐《すわ》っていると、あの「おこんにゃく」のK子さんから電話がかかって来た。検査の結果を心配してくれた

のだが、私は電話に出る元気がなく、娘が代りに、桃を食べたために検査を断られたいきさつを伝えた。

「えーっ、何ですって！」

という甲高い驚愕の声が受話器からハミ出してヘトヘトの私の耳にまで届いたが、その後のワヤワヤワーワーが長かった。K子さんには以前に同じ心臓検査の経験があり、その経験と照らし合せた説明及び感想が尽《つ》きせぬ泉のごとくに流れ出たのだ。

それによると検査の前には病院から「同意書」という書類が送られて来る。そこには検査の内容や注意事項が書かれていて、それを讀《よ》んで納得した印に「同意」の署名をして検査の日に病院へ持って行く。同意書には食事をしてはいけないことが記されているのだ。だがそれをお母さまは受け取っておられない……。K子さんは声をはり上げた（と娘は顔をしかめていった)。

「だから桃を食べたのはお母さまの落度ではないんですよ！」

それは病院のミスである。病院はミスを認めて謝罪しましたか？　しない？　何もいわなかった？　すみませんでしたともいわない!?　ああ、なんという病院でしょう！　けど、お母さまともあろうお方が、どうして何も抗議をなさらなかったんでしょう？　あのお強いお方が……普通の人の三倍も五倍も正論をもって追及するお方が……よくよく弱っていらっしゃったのね……。

娘は辟易《へきえき》して、はあ、はあ、はあ、としかいえずにいる。「そんな病院、おやめ遊ばせ。いい病院を私、紹介します！」そういって電話はやっと終ったのだった。

七月二十四日。この日が病院に指定されたやり直しの検査日である。病院を変えることを勧《すす》めた人はK子さんの他にもいたが、また一から診察の出直しをするほど私のエネルギーはなかったのだ。

検査は三時からだ。今回は何の支障もなく十五分前に検査室へ入った。看護師らしい女性群が何人かいてそれぞれ忙しそうだ。その中にこの前、桃を食べた件で対応したロボット風の無表情美人がいた。お互いに目が合ったが、その綺麗に化粧した顔には何の表情も浮かばず、私の方は多分イマイマしい顔になっていたと思う。その顔のまま私は検査室の眞中《まんなか》にあるカマボコ型の検査機の中に仰臥《ぎょうが》させられ、手と足を拘束された。気がつくと周りには誰一人いなくなっている。ガランと広い部屋の中、カマボコドーム（？）に私が一人いるだけだ。人間ではなく丸太棒になった気持だった。地震・火事、何が起ってもそのままだ。しかしどん底のヘトヘトだから、コワイもイヤもない。なりゆき委《まか》せだ。どこかで何やらゴトンゴトンと断続的に何かが作動し始めたようだが、耳が遠いので気のせいだか何だかよくわからない。

暫《しばら》くすると、大きな声が何やらしゃべった。

「ワヤワヤワヤワヤ……して下さい」

という、女の声だ。何もこんなに大声を出さなくても、と思うくらい大きく、高い天井に響く。何かしなければならないらしいが、肝腎の箇所が「ワヤワヤワヤ」なのでわからない。ワヤワヤは何度もくり返す。

「して下さい」だけが妙にハッキリしている。何しろこっちはカマボコの中だ。声がどこでしゃべっているのか、見当もつかない。仕方なく黙っている。向うはくり返す。

「ワヤワヤワヤワヤ……して下さい」

私が返事をしなければ今に聞えてないことに気がついてくれるだろう、と思っているのだが、ワヤワヤはくり返されるばかり。手と足は拘束されている。

たまりかねて私は喚《わめ》いた。

「何をいっているのか、わかりません！」

しかし何の応答もなく、ワヤワヤがくり返される。冗談じゃない。逃げるにも暴れるにも動けない私。ワヤワヤは機械的にくり返す。いくらくり返しても私が何もしなければ、これはおかしいと気づくのが普通だ。だが一本調子の声はむやみに大きく天井に響き渡るばかり。韓国系の女性のようにも思えるが、抑揚が変らないのは人間離れしている。これはおそらく人工の声だ。生身の人の声ではない。

「私は耳が遠いので何をいわれているのかよくわかりません！」

私は叫んだ。あたりはシーンとしている。

「何かいっている声が大き過ぎて、言葉が拡散して聞き取れないんですッ！……」

力イッパイの声で喚いた。まだシーンとしている。ああ、どうしてくれよう！　もう一度怒鳴ろうとしたが、その時男性の声が聞えて来た。

「今しゃべったことはこういうことです。長くしゃべった時は『大きく息を吸い込んで下さい』といっています。その後で短くしゃべっているのは『らくにしていいです』。そのくり返しで、それ以外は何もいいません。その通りにして下さればいいんです」

まさしく人間の声だった。懐かしくも頼もしい生身の男の声である。爆発寸前の興奮が引いた。それならそうと最初から人の声でしゃべったらどうなんだ！　そういいたいと思いながら、再び始まった「ワヤワヤワヤ……して下さい」の声に従って、私は素直に息を吸い込んだり吐いたりしたのだった。

その結果わかった病名は「発作性心房細動」というものであった。お医者さんは丁寧に説明されたが、こちらとしてはただささえヘトヘトの上に、「いったいあの妙な人工の声を、どういうわけがあって使うのか？」という怒りの疑問が脳裡《のうり》を占めていて、それを質問したいという一心で上の空だったから、今ここで説明することが出来ないのです。

その夜、K子さんから様子伺いの電話があり、娘が出て一部始終を話した。「あらまあ、あらまあ」を連発しながら話を聞いていたK子さんは、

「愛子さんって方は何かなさると、決まって何か変ったことが起きるん

ですねえ。今回も何ごとも起らなければいいけれど、と心配してたんですけどねえ……」

　そういって高らかにオホホ、オホホと笑ったが、その笑い声は妙に満足そうで嬉しそうだった、と娘はいった。

なんでこうなる？

思えばこのエッセイを書き始めた時、ふと思いついたのが「毎日が天中殺」というタイトルだったのだが、今思うとあれは神の啓示であったのか。それともこのタイトルをつけた以上は何かことが起きなければならぬという自己暗示が働いているのか。過ぐる五月二十四日夜、電話中にゆえもなく私は昏倒《こんとう》したのである。

その日の晝《ひる》過ぎ、難儀に難儀を重ねていた原稿をやっと書き上げ、A誌にFaxしてヘトヘトのまま夜を迎えてダイニングの椅子に腰かけたまま、テレビもつけず夕食もとらずぼんやりしているところへA誌の担当記者から電話がかかった。その応答をしている時だった。渡した原稿

のある個処《かしょ》の文字がよくわからないというので、それじゃ、元の原稿を見てみます、といったところまでは覚えている。原稿を取りに書斎へ行こうとした筈《はず》なのに、気がつくと私は廊下へのドアとは反対の方角にぶっ倒れていて、手にしていた筈の電話はどこへすっ飛んだのやら、メガネはふっ飛び大腿《だいたい》から脇、肩、顔、頭、左側面すべてを強打して動けない。娘一家は二階にいるが、その場から叫んでも聞えるわけがないから声を上げなかった。

驚いたのはA誌の記者さんだろう。いきなり、ドターンと地響が聞えたと思ったら、あとはシーンとしている。この状況を伝えたいにも電話はどこにあるのやら、探すにも身体が動かない。手も足も動かないからジタバタも出来ないのである。仕方ない。二階から娘か婿か孫かが降りて来るまでこのまま、ぶっ倒れてるよりしょうがないと思い、倒れていることにした。

しかし待てよ。時間はもう九時を過ぎている筈だ。その時間になってから、二階から誰かが降りて来るということはまずない。とすると私は明日の朝までこのまま床の上に倒れているということになる。毛布も枕もなく。

そのうち、少し身体が動くようになったようなので、ジリジリと這《は》ってダイニングを出、更に廊下を這って階段の下に辿《たど》りつき、娘の名を呼んだ。といってもその声はとても二階に届くほどの声ではない。二階からはテレビを見て笑っているらしい孫の「ヤァーハハハ」というアホウさながらの笑い声が聞えてくる。三度、私は娘の名を呼んだ。階段の上にヌウと顔を出したのはいつも無愛想な猫のクロベエである。

「なにやってんだ？　ばあさん」

というように、しげしげと見下ろしている。

やっと娘が気づいて、猫は引っ込み娘が現れた。「どしたの？」という。どしたもヘチマもあるかいな。見ればわかるだろう。絞り足りない雑巾みたいにへたばっている姿を見れば。なにがどしたの？　だ。と思ったが、それを口に出す力はもうなかった。漸《ようや》くいえたのは、

「いきなり倒れたんだよ……」

の一言だった。

娘と孫がどたどたと階段を降りて来て、二人がかりで両脇を抱え、さし当って一番近い小部屋に私を寝かせた。え？　猫はどうしてたかって？　知りません！　そんなこと。

そのまま、何日か、うつらうつら眠ってばかりいた。頭の打ちどころが悪かったのかもしれないが、とにかく眠い。あいにくそれは金曜日の夜のことで、翌日からは土・日とお医者さんは休みである。救急車？そんなこと、頭に浮かびもしなかった。「病院」というところへ行くのは、死ぬ時だけ、と決めている私である。なぜそんな決心をしたかについては、前回、前々回と記述した駄文を読《よ》んで下さった方にはおわかりになることと思う。讀んでない方は、「どうせまた、佐藤のことだからつまらないことでヘソを曲げたのだろう」と思って下さればいいです。

病院という大きな組織の中では、我々患者は「人間」ではなく「患者」という「物」としてあつかわれる。病院へ行くということは、「物」になり切る覚悟というものが必要なのだ。「物」あつかいされてまで病気を癒《いや》したいと思わない私は、だから町の、ささやかな個人開業医院が好きである。そこでは医師も人間、患者も人間、看護師も人間である。何ともいえない安心感のようなものがある。だから私は我が家から十分足らずで行けるS医院のS老先生にこの身を預けてもう五十年近くになる。先生も老い、私も老い、お互いに気心がわかり合っているのが、病を抱える身には何よりも有難《ありがた》い。

だがこの時（昏倒した時）は金曜日の夜であって、当然、診療室は閉め切られているだろう。救急車を頼むなんて大仰なことは頭に浮かばなかった。むしろイヤだった。救急車とくればその先は「病院」と決まっている。とりあえず娘は、かねてより信頼している整体のN先生に電話をかけた。かくかくしかじか、と説明すれば先生はいわれた。

両方の手の甲を撫でてみて下さい。同じように普通に感じますか？どちらかに痺《しび》れを感じませんか？　早速やってみて異常は感じないというと、頭の血管のどこかが切れていると厄介ですから、明日は頭のレントゲンだけ撮って、その後、私の方へ来るように、ということだった。ナニ？　レントゲン？　ということは病院へ行くことになる。思わず顔をしかめたのは打撲の痛みのためではない。病院へ行くとあの病院得意の「検査」というやつが始まることになると思ったからである。

翌朝、とりあえず娘がS医院へ電話をした。すると老先生は土曜日なので休診で、その上、「私どもでは頭のレントゲンの設備はないので、他の病院へ行って下さい」と看護師がいったという。それを聞いて私は、正直「しめた！」という思い。それじゃ眞直《まっすぐ》に整体のN先生のところへ行きます！　と、普段は使ったことのない「ですます調」になって断乎《だんこ》たる決意を示せば、娘も観念《かんねん》してしぶしぶ同意したのであった。

そんなこんなで整体操法を受けた後、私は心安らかに眠りつづけ、骨に異常はなく三日目には打撲の痛みはなくなっていて、やっぱり私の判断は正しかった。病院なんかへ行っていたら、今頃は検査入院とやらで、怒りながらまずい病院飯を食べてるところだ、と満足というより自慢の気分だったのだ。

だが昏倒した日は何でもなかった顔が、一夜明けると左目を中心に紫色に腫れ上り、コテンコテンにやられたボクサーのようになっていた。全く我が顔ながら「見事」といいたいようなシロモノだった。その凄さは見ても見ても見飽きないという趣で、うたた寝から覚めると枕もとの手鏡をかざしては点検するのが無聊《ぶりょう》の日々の唯一の楽しみになったのだった。

「それにしても、なかなか死なない人だねえ」

という声が向うの部屋から聞えて来て、それは娘と孫の会話らしい。

ホント、私もつくづくそう思う。

時は流れぬ

いつから始まったのか、私が小学生の頃にはどれかの新聞に「身の上相談」の欄が必ずあった。子供ながらにそれを愛読《あいどく》していたのは、その相談の大半がどれもみな、切なく悲しい事情を訴えていて、それが「本当のこと」だと思うとどんな悲劇小説を讀《よ》むよりも痛切に胸を打たれたからだった。相談の多くは女性で、男性の相談はなにひとつ記憶に残っていない。男が威張っていた時代であるから、人に相談して答を待つ必要など男にはなかったのかもしれず、また、そのような依存行為は男の面目にかかわるという男意識のためだったかもしれない。

とにかく男は偉かった。なぜ偉いのかはわからなかったが、わからないままに偉いと思っていた。しかし新聞に身の上相談を投稿する女性の中には、男のために悲劇を背負った人たちが多かった。男の甘言に騙され、貞操（という今は消えた言葉だが当時は大問題だった）を踏みにじられ、結婚生活では「姑《しゅうとめ》」というおまけつきの悲劇に巻き込まれ、夫の浮気、女狂い、暴力、酒癖の悪さ、やたらに威張る、甲斐性なしなど、それでも「女は三界に家なし」と覚悟させられ、一旦嫁いだからには我慢出来なくて離婚したということになれば、「出戻り」といわれ女として失格者と見なされて肩身狭く生きなければならない。泣く泣く我慢ダコが出来るほど我慢しているのだが、「泣けばいいと思ってるのか」と叱られ、泣くまいと懸命に自制しているのに、「ふてくされて」といわれ、無理して笑うと「作り笑いしていやらしい」とまた叱られる。

そういう悲劇は沢山あって、子供心に私は義憤の拳固《げんこ》を固めつつ、これは小説ではない、本当にあったことだと思うと、憤怒《ふんぬ》に燃えながら、興味はいやが上にも高まるのだった。

身の上相談の回答者は何人かの持ち廻《まわ》りだった。当時数少ない、今でいう有識者として知られている女性が何人かいて、男性は少なかったのは、女性からの相談が多く、女の気持がわかるのは女に限るという考え方だったかもしれない。女性の先生方の回答は日本古来の婦道に則《のっと》ったものだったと思うが、何も憶《おぼ》えていないのはありふれていて、つまらなかったからである。「そんな男、さっさと別れてしまいなさい」、なんてのはなかった。

私の身の上相談好きはあの頃から約八十年経った今でも変らない。興味をそそられた相談記事は切り抜いて取ってある。雑文書きになって以来、いつかネタになりそうな折々の新聞雑誌の相談記事は切り抜いて箱に入れ、時々出しては讀み耽《ふけ》って参考資料にしている。この頃は「身の上相談」とはいわず「人生案内」というらしい。「身の上」といえばコマゴマした個人的事情になるが、「人生」というと、なにか壮大で抽象的な観念《かんねん》について論じるという趣が感じられるではないか。

「40代の契約社員女性。職場の男性上司の振る舞いが気持悪くて不快です。

その上司は40代の独身です。例えば得意先の女性社員があいさつに訪れると、帰った後にその人のことを評価します。また、関係会社の20代女性社員を見ると、モジモジし始めたりします。そのしぐさが気持悪いのです。仕事に関しては、やる気ゼロです。あいさつの声すら非常に小さくて、尊敬出来ません。(中略)

私は今の職場に来て1年になります。以前は、この上司のことを気持悪いとは思わなかったのですが、最近は不快に感じるあまり、吐き気をもよおすこともあります。

私はどうしたらいいのでしょうか。心の持ち方を教えてください」

今日は切りヌキの中からそういう相談が目に止った。会社の上司が横暴で人遣いが荒いという悩《なや》みではない。上司が「気に入らない」という相談なのだ。ふりかかった悲劇を歎《なげ》いているのではない。なんだ、この質問は！　と思うよりも、

「うーん、今はこういうことになったのか！」

むしろ感心してしまった。時代の流れのその波の大きさ、強さ、早さに。日本女性はついにここまで進歩——といってよいのかどうかよくわ

からないが、そうだ、この際「変貌した」という言葉を使った方が正確かもしれない。

男社会の締めつけの中から男尊女卑を蹴飛ばして起ち上り、能力を伸ばし自信を身につけた、これが日本の女性の新しい姿なのだろう。男に対して怨《うら》みつらみを重ねてきた女性は山ほどいたが、「吐き気をもよおすほど不快」と天下の公器を使って堂々という女性がついに登場したことに私は呆気《あっけ》にとられつつ感慨に打たれる。

それにしても、吐き気をもよおさせる男というのはどんな男なのか。男の中にも「アカンタレ」「カッコつけ」「厚顔無恥（に女に手を出す）」など、いろいろいるが、「吐き気」というのは珍らしい。参考のために一度見参《げんざん》したいものである。

この相談の回答は精神科医の野村総一郎先生である。先生はこのように回答しておられる。

「(前を略す)ここはまあ、男性というのは、女性を見て目尻が下ったり、まさかよだれまでは出ないにしても、ニヤケたりすることがありがちである、と見切るのが利口かも。つまりそういうレベルの輩《やから》に振り回されるのはどう見ても損だ、仕事に熱中するとか、楽しむことだけを考えるとか、もっと幅広い人生を生きるようにしてはどうでしょうか」

なるほど、と私は感心した。野村先生は人生相談回答のベテランである。私は以前からその大らかな語り口による穏やかな説得力に傾倒している。何とか私も先生の境地に達したいと思いつつ、思うばかりか生来の短気、せっかちは老齢と共にますます強まり、今回の相談にも、何と回答するかというと、

「会社を辞めよ」

のひと言であるのが何とも情けない。だが人間、暮しに困れば吐き気などけし飛んでしまうものだ。というのも彼女の吐き気は、今までの人生で何ひとつ眞剣《しんけん》に考え苦しんだことのない、結構な贅沢な（これイヤミ）日々を過《すご》してきたためだと思うからで、これはこれで本質を突いた名回答であろうと私なりに自負するのである。

勢《いきおい》づいて次の相談の切りヌキを探す。

見つけたのは五十代の主婦で、中学校教員の夫についての相談である。「仕事熱心な夫はたいてい休日も職場に出かけます」という書き出しで、相談ごとというのは夫のために一所懸命に作るお弁当を、夫は食べるのを忘れたといって、持って帰って来る。相談者はそれを「泣く泣く」捨てるのだという。なにも弁当を捨てるのに泣かなくても、と私は思うが、つまりそういう純眞《じゅんしん》な人なのであろう。

「前日からメニューを考え、時間をやり繰りして作ったのに」と彼女は歎《なげ》いている。たかが弁当に、前日からメニューを考えるなんて！　と私は思う。私の小学校、女学校時代を通じての弁当なんて、カツオ節をご飯にまぜたいわゆる猫メシといわれたものに、のりを敷き詰めたもの、それに玉子焼きが定番だった。それでも私はその猫向きのり弁が好きだったから何の文句もなく、おいしく楽しくいただいていた。級友の中には私の弁当についての批判や同情があったらしいが、食べている本人が満足しているのだから、それでよかったのである（人はいろいろである。この人のご主人ももしかしたら猫メシなら気に入る人かもしれない）。

彼女は弁当作りを中止することを決心した。夫もそれを了承して、コンビニのパンですませるようになった。これで弁当作りから解放されてよかった、と彼女は自分にいい聞かせるが、その一方で「夫が体調を崩さないか不安になり、罪悪感を覚えてすっきりしません」。

これが相談の結びである。

この回答もひと言ですむ。

「あなたの弁当はおそらくまずいのです」

彼女が力を籠めれば籠めるほどまずいのだろうと思う。味覚がないのに熱意十分、というのが一番困る。しかも夫はまずいものをまずいといえない弱気の人なのだろう。そんな心優しい夫を持った奥さんよ。私はいいたい。

「この幸せものめ!」

どうですか? いい回答でしょう?

お尻の役目

私の祖父は津軽藩の微禄《びろく》な藩士だったが、明治維新の後になっても武士の気質を捨て切れず、頑固一徹の変り者で通っていた。

ある時、祖父は昔の武士仲間から懇願されて三十円の金を貸した。明治時代に入って間もなくの頃のことだから、三十円はどれほどの価値のものかよくわからないが、大金であったことは確かであろう。そんな大金はあるいは祖父の全財産であったかもしれず、あるいは親戚友人間を奔走して作った金だったかもしれない。しかし借り主はいつまで経っても返さない。武士たる者が交した約束を反故《ほご》にするとは何ごとだ、恥を知れ、と祖父は怒った。何度かのいい争いの後で、祖父はいった。

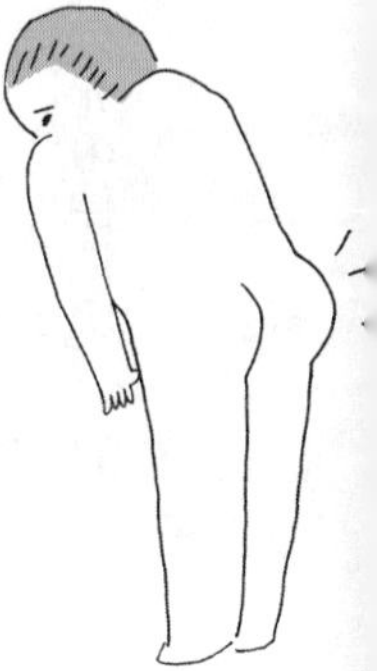

「どうしても返せぬというなら、お前の尻を踏んづけさせろ、一回で十円、二回で二十円、三回踏んづければみんな返したことにしてやる。どうだ？」

「踏んづける」というのは、津軽では蹴り上げることをいう。相手は承知して、お尻をまくってつき出した。祖父は思いっ切りそれを蹴り上げて、

「十円！」

と叫び、二度目を蹴って、

「二十円！」

三度目で「三十円！」。

よし、これで堪忍してやる、といって二人は元の仲に戻った。

私はこの話が好きである。何ともさっぱりした気持いい話ではないか。しかし人はいう。当時の三十円は今の価値ではどれくらいか、三十万円か、もしかすると三百万円かもしれない。それをお尻を蹴ってナシにしてやるなんて、気が狂ったとしか思えない、と。しかもそのためにおじいさんは三十万円の負債を背負ってしまったではないか。

そういわれればそういうことになる。「お前はそれでも武士か」といった祖父に向って、借金男は「オラたちはもう武士ではねえ」と答えた。その言葉で祖父は三十円の負債が自分に降りかかるのを忘れるほど憤怒《ふんぬ》した。だが、それほどの憤怒が三回お尻を蹴って鎮《しず》まったのだ。そこが何とも私には面白い。それが我が佐藤家の特質なのである。

お尻を蹴る話で思い出した話がある。四、五十年も前のイギリス映画に、『小さな恋のメロディ』という名画があった。思春期には間のある小学生の少年少女の、恋とはどういうものなのか、まだわからぬような淡い無邪気な初恋を主軸として、当時のイギリスの小学生の学校生活が描かれている。主人公はダニーと呼ばれている美少年で、彼の親友は貧しい家の子だが、そんな中でもいつも元気に面白おかしく過《す》ごしている腕白である。

ある日二人はラテン語の宿題をして来なかったことで、放課後、先生の部屋に呼び出される。そこで先生から体罰を受けることはもうわかっている。しかしそんなことに馴《な》れっこの腕白は悪びれずに堂々と先に入る。馴れていないダニーはおずおずと後について入って来る。先生は楽しそうに二人を見て、戸棚の引き出しから革の古スリッパをとり出す。それで二人はお尻を叩かれるのである。馴れている腕白はいつも通りに太々しく叩かれ、次がダニーの番である。先生はダニーのうつ伏せになったお尻を目がけてスリッパをふり上げるが、ふとその手が止る。先生のもう片方の手がダニーのズボンの中からズルズルと引っぱり出して来たものは、二人がお尻を守るためにあらかじめ忍ばせておいたタオルである。百戦錬磨の腕白はうまく隠して見つからなかったものを、初心者のダニーは下手をしたのである。

そのシーンを見た時、私は「なるほど」と思った。ずっと昔から、何度も聞いていたことを思い出したのだ。私には女学校のお作法の先生を姑《しゅうとめ》に持つ友達がいて、彼女が姑さんから教えられた子育ての心得の数々を、(私はべつに聞きたいわけでもないのに)いろいろと聞かされた。その中に「子供を育てる時のしつけは、お尻を叩く」という一箇条があり、「頭はいけまへん。頭叩いたらアホになるさかい」と大阪弁で戒められたという話だけが、強く私の記憶に残っているのである。

お尻を叩く時は、子供の頭を後ろにして左脇に抱え込み、お尻をむき出しにして叩く。「鼓でも打つように」と姑さんはいったそうだ。子供の丸いお尻は叩き易く、よく響く快い音を立てる。あくまで軽く、しかも強く、叱咤《しった》の気持を籠めて、パチン！　パチン！　とリズムをとって叩くその話をよく覚えているのは、話を聞いただけで何となく楽しそうだったからだ。勿論《もちろん》私は子育てどころか結婚もしていない頃のことである。

『小さな恋のメロディ』のスリッパで叩くシーンを見た時、私は「頭はいけまへん。頭叩いたらアホになるさかい」という言葉を思い出し、お尻を叩くのは西も東も同じ、世界の常識なのだなあ、と思って懐かしかった。

今の日本ではそれを「暴力」というかもしれないが、叩く先生、叩かれる生徒の間には、伝統的な彼我《ひが》の攻防戦があって、叩き叩かれながらも面白い、懐かしい、あるいは楽しかった思い出として残るだろう。そういう時代が私は好ましい。

ところで今年の春先頃だったと思うが、四十代の父親が、我が子を虐待して死なせてしまったという事件が発覚した。そしてそのような父親による虐待死がこれだけではなく他にも幾つかあったことが明るみに出て、世の中は騒然となった。マスメディアは毎日のように報道に精を出し識者の意見が飛びまわり、政府もいち早く「保護者によるしつけのための体罰禁止」の法改正を行うという騒ぎになった。

「しつけのための体罰禁止」？

その新聞記事を見た時、私はどうも釈然としない思いに駆られて頭をひねったものである。

今はあっちこっちでしつけしつけと問題が沸騰しているが、それはこの鬼親父が「しつけのためにやった」といったことがもとであるらしい。しつけ？　何のためのしつけか。こんなひどいしつけを毎日のようにされなければならないとは、いったいどんな悪い子だったのか、私はそれを知りたい。しかし、マスメディアにその仔細《しさい》を、その肝腎なことを報じている記事はなぜかどこにもないのである。

「お父さんにぼう力を受けています。夜中に起こされたり、起きているときにけられたりたたかれたりされています。先生、どうにかできませんか」

少女が綴《つづ》ったというこのメモだけは、殆《ほとん》どの報道機関が報じているというのに。

私たちだけでなく少女自身もなぜ自分がこんな目に遭うのか、何もわからぬままに許しを乞《こ》うていた。どこが悪いのかわかれば直すことが出来るのだが、わからぬまま、ただ耐えに耐え、許しを乞うて少女は死んで行った。虫のように死んだのだ。


この父親はヘンタイだ。

怒りをもって私はそう思う。一方的に弱い者を虐《いじ》めてそれが快感になり、その嗜虐《しぎやく》の快感を忘れられず、イジメ中毒になった。そのヘンタイがとっさのいいわけとして、「しつけのため」などといったことから、俄《にわ》かに問題は「しつけと体罰」にすり替り、法改正などというその場しのぎが行われ、教育専門家のそれについてのコメントがあちこちに流れるだけ、という有様になった。

考えなければならないことは果してそのことなのだろうか。今までの日本では聞いたこともなかったようなこんなヘンタイが、一人ではなく、潜在的には決して少なくない数がいるという新聞の記述を見た。かつてない文明の急進歩を目ざして走る現代社会のありように、何らかの原因が潜んでいるのではないかという気がするが、それ以上はわからない。わからないから何もいえない。

もしも大正生れの老骨である私めが法改正するとしたら、

「子供のしつけにはお尻を打つべし。それ以外はイカン」

そう提案したいと思うだけである。

算数バカの冒険

東京の酷暑を逃れてこの北海道、道南の別荘へ来たのは八月六日である。この家で夏を過《す》ごすのは今年で四十五年目である。四十五年のうちで来なかった夏は二年だけで、その一年は娘の出産のため、もう一年は飼犬のタローの十九年の命が瀬戸際を迎えたためだった。

この家は太平洋に面した小さな漁村の、その背後に広がる台地を囲む山並の端っこ、海に近い柏《かしわ》の木に埋もれたこんもりした丘の中腹に建っている。南は海、北は遠く日高山脈が望見され、町を囲む近くの山々から海にかけて広がる平野は殆《ほとん》ど牧場で占められている。

東京からの客人はみんな、車を降りて目の前の景色に目を向けるなり、

「うわァ……これは……」

と声を上げる。そのまま後の言葉がつづかない。私は満足して、

「エヘヘ……」

と笑う。

「凄いですねえ……よくまあ、こんな所に……」

気をとり直したようにいう。私はまた、

「エヘヘ……」

というだけである。

今から五十年近くも前のことだ。

ある日、私は何げなく開いた銀行の預金通帳に、一〇〇〇〇〇〇の数字が記載されているのを見て仰天した。その何年間か、私の預金通帳

は常に現在高ゼロが記載されていたからである。収入は入っていないわけではない。しかしその金額は次の欄ではもう消えている。というのは当時、私の夫だった男が破産して、私はその中に巻き込まれ、わけもよくわからぬままに背負ってしまった借金が月々、自動的に引き落とされる仕組みになっていたためだった。借金の金額はいくらだったのか、わからない。わからないのは後から後から借金が増えてくるので(しかもその金には利息が刻々について行く)、算数バカの私には計算なんか出来ないためである。

金額もわからずに、払い通せるかどうかも考えずに引き受けたの！　あんたって人は！　と何人の友人からいわれたかしれない。誰からも慰められることなどなかった。呆《あき》れられるだけだった。私はその前に一度芥川賞候補になって落選した身。まだ原稿料で食べて行けるような一人前の作家ではなかった。一枚五百円の原稿料の少女小説がお小遣い程度に入っているだけだった。私が肩代りした借金の総額はいくらなのか、そんな計算をしたところで、返す金が減るわけではないのだ。私がしなければならぬことは、「金を稼ぐ」ということだけだった。

私はひたすら働きつづける働き蜂になった。働き蜂というものは、その労働の意味も成果も何も考えないアホウなのである。私はそれと同じだった。私は働いた。どんな仕事でも引き受けた。蜂は日中しか働けないが、人間は夜も働ける。一枚五百円じゃ知れているが、そのうち少しマシな原稿料が貰える仕事が来るようになり、調子に乗って書きまくった。駄作を。

そして何年か経った。

働き蜂はただただ働き通した。働くことが習性となり、若いエネルギー（といっても四十代だったが）は消費しても消費しても涸《か》れずに湧きつづけ、辛《つら》くも苦しくもなくひたすら働きひたすら稼ぐことだけに夢中になって、借金のことは忘れていた。預金通帳を眺めたってしょうがないから、銀行に預けっ放しにしていた。ある日、銀行から通帳が返って来て、それを見て私は叫んでしまった。

「エーッ、なんなんだ……これは！」

嬉しいというより、びっくり仰天していた。借金は何か月か前に完済していて、しかも一千万溜《たま》っていたのだ。

これからはのんびり、好きな仕事だけすればいいわね、と人はみな喜んでくれた。しかし私には「のんびり」とはどういうことなのか、よくわからなくなっていた。相変らず私は働き蜂のままだった。ヘトヘトになりながら働き蜂の習性が身に染み込んで抜けなくなっていた。

そんなある日、ヘトヘトの中で私は考えた。

――あの一千万で東京から逃げ出そう――。私の仕事は東京と結びついている。東京にいるから仕事が来るのだ。仕事が来ると働き蜂は働かずにいられなくなる。東京から出来るだけ遠い所へ行きたい。そう思い暮すようになったのだった。

北海道の道南にサラブレッドを育成する牧場の町がある。千歳空港から百六十キロ、太平洋に面していて、漁港の町でもある。東京を離れたいのなら、そこがいい。あんたのような人は北海道の人と気が合うに決まってる。別荘を建てるなら是非そこにしなさい、と勧《すす》められたのは、一九七五年のことである。その人は私の父の代から深いつき合いのある競馬関係の人物で、競走馬で有名な五冠馬のシンザンを育成した調教師

の武田文吾さんである。彼は、

「佐藤紅緑（父の名）は四人の息子がみな不良なので、武田を息子代りに可愛がっている」

と風評されたくらい、父に気に入られていた人だ。元来熱血の人であるから、一旦思い決めたことは何があっても遂行する。六月に北海道へ行く仕事があるので、愛子さんも一緒に行こう、と勝手に決めて、航空券まで買ってしまった。私がどこか遠方に夏を過す家を持ちたいと考えていることを知ってから、たった一週間後のことだった。彼には「親戚よりも濃い仲の牧場主」の斎藤さんという親友がいて、その人にもう、土地を探すように頼んだという。


あまり気が進まぬながら、私はついて行った。北海道はあまりに遠い。さいはての地だ。知人友人一人もいない。一つ二つ、賣地《うりち》を見たが気に入らず、これで武田さんへの義理も果した、やれやれこれで帰ろうと思っていた時、最後にもう一箇所見てほしいといわれて、しぶしぶ行った土地で、突然私に何かが舞い降りた。それは「何か」としかいいようのない怖《おそ》ろしい力だった。

そこは海沿いの漁師の集落の背後に廻るなだらかな低い山並の外れ、海を見下ろすどんぐりの丘の麓《ふもと》に広がる牧草地の一劃《いっかく》だった。前夜の雨に濡れたどんぐりの丘は鮮やかな初夏の緑に輝き、空は高く広く、目の下の海は紺碧《こんぺき》にきらめき雲は白くあるいは薄水色にたなびいていて、朝風が丘の麓に広がる牧草地を渡ってくる心地よさ。

一目見て私はその風光に魂を奪われ、思わず、

「いくら？　ここの地価は？」

といっていた。

「そうだね、なんぼかな、なにせ、人の住むところでねえからな。坪、二千円くらいだべか」

案内の人がいうのを聞くなり、宙に浮いた私の魂が、

「決めた！　買います、五百坪！」

と叫んでいた。

坪二千円！　何たる安さ。いくら算数バカの私にもその安さだけはよくわかったのである。

不精の咎《とが》

話はトントンと進んだ。トントンというより、ザ、ザーザーッとブルドーザーで薙《な》ぎ倒して行くように進んだ。地主との面談、土地購入の手《て》續《つづ》き、土地の登記など、すべてがザ、ザ、ザーッとすんでいた。何もかもわしがやります。委《まか》せて下さい、と斎藤さんはくり返した。大丈夫、先生は何もしなくていい。設計士はうちの倅《せがれ》の友達にいいのがいます。大工もいます。うちの仕事、全部やってる男で、信用出来る人間です。電話もね、もう用意出来てますから、買う必要はない……。

それは有難《ありがた》い、と私は喜んだ。不精者の私には願ってもない事態の展開だった。

すると何日かして、斎藤さんから電話がきた。

「あの土地のことですがね。あれ、変更しました」

「変更？　何の変更ですか？」

その時、私は原稿執筆中で、右手に万年筆、左手に受話器という格好で話していた。

「あの土地はですな、湿地帯だったもんで、家が建たんことがわかったんでね、上に変えました」

「上？　上って何ですか？」

「山の上です。丁度《ちょうど》、あんべえよく、中腹に樹のない場所が五百坪近くあるもんで……何年か前、そこを開拓して何かしようと考えた奴がいてね。しかしうまくいかねえんで、そのままやめたんだな、うまい具合に空地になってるんでそこにしたんです」

そこにした……。簡単にいってほしくない。家を建てるのはこの私だ。あまりのことに私はびっくりして「へーえ」というだけ。やっと気持をとり直していった。

「でも、土地の登記はもうすんだんでしょう？」

「ああ、登記ね、大丈夫。書き直しさせました」

登記の書き直し――。そんな話は聞いたことがない。出来るんですか、というと、「やらせました。書き直させました」とこともなげだ。

「直させる？　そんなことがいったい……」

というのを無視して、

「大丈夫。何もかも大丈夫です。あの山の上、そりゃあ見晴らしがいいのなんのって。湿地なんかじゃない、ガチガチの岩盤です。なんせ柏《かしわ》の木以外はなんも生えん土地だからね」

斎藤さんはいい切って、満足げにアハハハと笑ったのだった。

仕方がない。ここまで来たら成り行きに委せるしかない。私はとにかく忙しいのだった。次から次へとしなければならぬ仕事が来て、家を建てることなどもうどうでもよくなっていた。ときどき「着々と進行しています」という嬉しそうな電話を受けたが、ナニが「着々や」と思っただけだった。

するとある日、突然何の前ぶれもなく、大工の平井さんがはるばる北海道からやって来た。そうしていきなりいった。

「どうもねえ、一千万じゃ家が建たねえんで」

なにをいってる、今頃、という間もなく平井さんは説明を始めた。

「なんせ、下から七百メートルも山へ向うんだからね。電柱は十本立てなきゃなんねえんで。北電が何本分か負担してくれるけど、七、八本はこっちモチだもね。それで二百万かかる」

つまり平井さんはその電柱を予算に入れるのを忘れていたのであった。どうやら彼は「家を建てる」ことだけしか考えていなかったのだ。それであっさり「一千万あれば、オンの字だ」などと安請け合いをしたのだ。

彼はその説明を、悪びれた風もなく淡々とした。そして私の返事を待っている。「じゃあ、あといくら出せばいいの」と私がいうのを気らくに待っているという顔だった。

「やめるしかないわね」

と私はいった。

「ええッ？　やめるって？……」

「家を建てることをやめるのよ」

平井さんはいきなり殴られた人のようにのけ反《ぞ》った。やめる……やめるって、それ本気かい、といって絶句した。

「仕方ないでしょう。一千万キッカリしか金はないんだから」

「……したら、今出来てる骨組はどうなるんで……」

「そのままでいい。立ち腐れにすれば」

「そりゃまずいべ。これまでにかかった費用は……それはどうなるんで？」

ふと私は思いついた。

「そんなら二階を作るのをやめたらどうかな。いくら安くなる？」

「二階を……やめるってか！」

彼は私の正気を疑うようにまじまじと私を凝視し、そんな積木を壊すような話じゃねえべ、と気の抜けた声になった。作家だというけど、アホかこいつは、と思ったにちがいない。

「それじゃあね、こういうテはどうかな。二階はそのまま、ガランドウのままでほっとく。天井と内壁もいらない。床も下張りだけでいい。外壁だけあれば雨風は防げるから、内壁はいらない……。それでナンボか安くなるでしょう」

「安くなることは確かだけど、ナンボ安くなるか、今すぐには出せねえ」

投げやりにいいながら、

「では階段はどうする？」

と訊いてきた。

「いらない。二階は使わないんだから必要ないもんね」

「いらねえってかい……」

平井さんは暫《しばら》く沈思していた後でいった。

「しょうがねえ、階段はオレが自バラ切って作るよ。階段のねえ家を建てたって、町の奴らの笑いもんになりたくねえからね」

「ありがとう。それじゃ、そういうことで見積りしてくれる？」

「いいよ、やってみるよ」

彼は気の抜けた腹話術の人形みたいな感じになって帰って行った。

およそ一年後の夏前に家は建ち上った。

建ち上ったと聞いてもすぐに見に行く気にはならなかった。「お委せ下さい」の斎藤さんは朗らかに電話をかけて来て、

「出来ましたよ。早く見に来て下さい。いや、素晴しいです。眺望絶佳。山と海。その間の牧草地。牧場の赤い屋根、絵に描いたようなとはこのことです……」

彼が絶讃《ぜっさん》するのは風景のことばかりで、新築の家については何も感想がなかった。おそらくいう言葉が見つからなかったのだろう。

今になってしみじみと

夏が来たので私は北海道へ行くことにした。北海道U町には新築の私の別荘が待っている。貧乏のどん底に沈んだ私が八面六臂《はちめんろっぴ》の奮闘の果《はて》に建ち上った別荘であるが、何ぶんにも無理に無理を重ね、殆《ほとん》ど意地を張って建てたものであるから、妙チクリンな家であることは覚悟の上だった。

しかし行ってみると、思いのほかにそれは普通の家だった。平井大工が身銭《みぜに》を切って作ってくれた階段はちゃんとついている。行く先がガランドウであるなんて、夢にも思えない出来映え。玄関ホールの天井は高く広く、とても天井板代を節約したためとは思えない。

居間は広い。間仕切り節約のため、やたらに広い。南、西、北の三方がガラス窓とガラス戸で占められている。南のガラス窓の向うに太平洋がきらめき、北の窓の向うは放牧場の連なりの彼方、遠く山なみが廻っている。西は牧場、森、また牧場、森、といった広がりを経て、山を背にした小さな集落がある。その山の中腹に集落を守る小さな神社の赤い屋根が見える。ここは牧場の町だから、正月はあの神社へ向って騎馬の人が初詣に上って行く姿が遠く見える、という話だった。

これで階段を上りさえしなければ立派なものだ。二階はひどかった。「物置きみたい？」と訊いた東京の友人に「いや、物置きよりひどい」と私は答えた。天井はないから、梁《はり》が剝《む》き出し、そこを電線が這《は》っている。床は粗板が張ってあるだけなので、歩くとギシギシ音を立てる。内壁はないため、竹小舞の壁土が剝き出しだ。壁土がぼろぼろ落ちて来ると困ると思い、私はそこに高校二年の娘が大事に持って来ていたビートルズのポスターを貼り廻して内壁代りにした。


いろいろと忙しいそんなところへ、平井大工がやって来ていった。

「電話の話、今、向うとつけて来たよ」

「つけて来たって？」

「斎藤旦那に早く行けっていわれたもんで」

電話については遠藤周作さんから、兄君が電電公社のエライ様なので、安くつけてもらえるように頼んでやるよ、といわれていた。

「四万円くらいでつくやろ」

ということだったのだ。

私は思い出した。この土地を買った時、「何でもお委《まか》せ下さい」の斎藤さんが、「大丈夫。何でも委せて下さい。設計士は息子の友達がいるし、大工はうちの抱え大工がいます。何でもすぐ間に合いますよ」といい、そうしてつけ加えたことを。

「電話もね。大丈夫。もう用意出来てます。大船に乗った気でいて下さい」

確かに斎藤さんはそういっていた。しかし私は「それではお願いします」とは一言もいっていない。電話のことなんか、まだ先の話だと思っていたからだ。誰が土地を買う時に電話のことを考えたりするか！

平井大工はいった。

「向うは急いでるんで、早く話をつけてこいっていわれるもんで、こっちだって忙しいのに、晝飯《ひるめし》も食わねえで走って行って決めてきたんだ」

「決めたって？　あんたが勝手に？」

そんなバカな話があるものか。買手に挨拶もなく……。

そう思ったが、その時点では私はまだ高を括っていた。斎藤さんと話をすれば、この話は断れると思っていたのだ。そう思った時、平井大工はいった。

「二十八万で決まったんだ」

「二十八万？　何よ、いったい」

「だから電話の代金だよ」

「その値段は誰が決めたの」

「向うだよ。ロマンのばばあだよ」

「ロマンのばばあ？」

私は絶句した。

「ロマンのばばあ」とは、もと斎藤さんの家で下働きをしていたオバチャンのことで、働いているうちに斎藤旦那と理《わり》なき仲となり、そのうち斎藤旦那の「おっかァ」に知られて斎藤家を辞めた。しかし別れた後斎藤旦那は内緒でオバチャンに飲屋を出させてやった。それが「ロマン」である（「ナニが『ロマン』や」と平井大工の説明を聞きながら私は思った）。だがここへ来て斎藤さんはオバチャンと別れたくなったのだ。別れ話を切り出すとオバチャンは別れ金を要求した。そこで斎藤さんは「ロマン」の電話を賣《う》って別れ金に充てることを提言、オバチャンは承知した。

「向うはナンボというかわからねえが、いうままでいい、決めてしまえ」

と斎藤さんは平井大工にいったという。

オラは早く決めてこいといわれたからそうしたんだ。その何が悪い、といいたげな口調で平井大工はいったのだった。

面倒《めんど》くさくなって私は二十八万を払った。面倒くさくなると私は理屈が通らぬもヘチマもなくなる人間だ。こんな手合と何のかのいい合うのがいやになった。それでなけなしの金をかき集めて払った。するとすぐに電話取りつけ工事の青年が来た。私は青年にいった。

「今、電話を買うとしたら、いくらくらいかしら」

「さあ、よくわかんねえけど、十万か十一万じゃないかい」

私はいった。

「私はね、二十八万で買ったのよ」

「えーッ！」

青年の声は裏返った。

「二十八万……高ァ……」

「駅裏にロマンって飲屋があるでしょう」

「うん、あ、知ってる」

「あのオバチャンに買わされたのよ」

「うーん、そうかあ……」

青年はいった。

「やりそうだな、あのバアサン」

「やりそう？　強慾《ごうよく》なの？」

「払いが滞ると電柱に上ってるのに、下から喚《わめ》くんだもんな。それも千円にもならねえ金だよ。でっかい声でさ……」

「アハハ……」

私は笑った。私はこういう話が好きだ。電柱の上の青年の困惑を想像して、私の電話代のウラミは消えたのである。

あれから四十五年経った。その間、私たち（斎藤旦那と平井大工と私）は何ごともなかったように仲よく過《す》ごした。天井はなくても屋根がある。内壁はなくても外壁があれば雨風が吹き入ることもない。ここは夏の家だ。冬は来ない。だからこれでヨイのである。私は満足して毎年の夏を楽しく過した。

その後、暫《しばら》くして斎藤さんは亡くなった。何年かして平井大工も死んだ。ロマンのバアチャンはどうしているか、誰も知らない。

二十八万の別れ金を手に、オバチャンはどこへ行ったのだろう？

それにしても（と今、私は思う）別れ金に二十八万円はちと安すぎはしないか。もしかしたら二十八万という半端な金額は、オバチャンは三十万といったのを、二万円値切られたのかもしれない。値切ったのは誰だろう？　斎藤旦那か、平井大工か？

だとしたらオバチャンは決して強慾ばあさんなんぞではなかったのだ。今になって私はしみじみとそう思うのである。オバチャンは元気かなあ？　元気でいてほしい。

前向き横向き正面向き

某週刊誌から電話コメントを求められた。日本人が長命になり、老いてからの長い歳月を生きつづけなければならなくなった。その歳月を前向きに過《す》ごすにはどうすればいいか。そのコツを、という質問である。

「うーん」

ひとまず私は唸《うな》った。

――べつに老人が前向きに生きなければならないってことはないんじゃないの？

それが私がいいたいことである。もっと端的にいうと、

「もう前向きもヘッタクレもあるかいな」

という台詞《せりふ》だ。しかしいきなりそんなことをコメントしては、いくらなんでも失礼だ。仕方なく「うーん」と考えるふりをして時間を稼いだ。

その朝私は、起きた時から目の具合がはっきりしなかった。朝刊を讀《よ》んでいるうちに、文字がゴチャゴチャになって讀めなくなった。全体にかすんでぼーっとしているのではない。文字の一つ一つはハッキリ見えていながらゴチャゴチャと詰っていて、どういう字なのかわからない(わかりにくい説明だがそうとしかいいようのない)情況なのだ。目を上げて周りを見ると、窓向うの庭、部屋の中の様子、いつもと変らない景色がちゃんと見える。

しかしこういう現象は前にも時折起っていた。それは目の故障ではなく、脳《のう》の疲労からきているのだと、その時ある識者がいった。識者といっても眼科の専門医ではない。しかし人間の身体の不調について妙に詳しい人で、自信たっぷりに断言し、それがふしぎに当っているので私は信じることにしているだけのことである。

確かに私の脳は長年の酷使に耐えてきた。もうボロ雑巾のようになってきていることは間違いない。しかし年相応の自然の衰えであればジタバタしてもしょうがないのだ。そう思って成り行きに委《まか》せてきたのである。

具合の悪いのは目だけではない。耳もよくない。人の言葉がはっきり聞き取れない。殊に若い女性の声にはお手上げだ。かん高くて細い声が早口の一本調子でしゃべる。何度も聞き返すと声をはり上げてくれるのだが、細い声をはり上げるとキイキイ声になるのだ。壊れて止らない汽笛さながらだ。それを一心に聞き取って返事をする身になってみよ。

目も悪い。耳も悪い。心臓も悪い。血圧は高い。膝はヘナヘナだ。かっては「飛脚の佐藤」と呼ばれた私である。大股《おおまた》の早足が有名だった。それが月日を追うとヘナヘナにヨロヨロが加わって来た。しかし飛脚時代の習性が残っていて、油断をすると早足になっている。躓《つまず》いたわけでもないのにいきなりよろめく。眞直《まっすぐ》に歩いているつもりが左へ左へと行くので一緒に歩いている介添人（としての孫や娘）はだんだんに押されて行って、溝に落ちかけて怒る。

冬枯の身となり果てたこの身に、なにゆえ「前向きに生きるコツ」なんかを語らせようとするのだろう。おそらく私のことを元気のいいばあさんだと思ってのことなのだろう。私は声が大きい。これだけ五体ボロ雑巾になろうとしているのに声だけはバカでかい。それによくしゃべる。つまり「口だけ達者」という厄介なエセ元気者なのである。それに短気のためすぐに喧嘩腰になる。喧嘩をすると、なくなりかけていた活気が戻ってくる。喧嘩好きというのは若さを象徴することのようで、そのため私はボロ雑巾にもかかわらず誰からも同情されず、しゃべってもたいして価値のないことを（あいつならいつだって喜んでしゃべると思われていて）しゃべらされるという腹立たしい目に遭うことが多いのである。

「前向き」とは「正面に向くこと。進むべき方向に向かうこと」と広辞苑は教えている。幾つになっても人生の現役として生活の充実をはかり、目的を持ち、いつまでも若々しく働くことだという。

私が親の代から懇意にしている古物商のじいさんは八十を過ぎたが、前向きに生きようとしている人で、「老人のするべきことはとにもかくにも健康を心がけることが第一です」といい、そのための早朝マラソンを欠かさないそうだ。じいさんは朝五時に起きる。まず冷水を一杯飲んで向うハチマキをして地下足袋を履き、大空に向って深呼吸をしてから走り出す。エッサエッサと声をかけながら走る。何キロと決めているわけではない。走りたいだけ走る。いやになればやめて帰る。無理はいけない。ものごとは柔軟にやらねばいかんです、おかげでこの健康！　この若さ！　と腕まくりをしてみせる。腕はしなびているが、それは仕方ありません、しなびるのは腕の勝手です、といっている。

彼の古物店によく来るお客に同い年の老人がいて、その人は「幾つになってもこの道だけはやめられんねえ」といっているそうだ。「この道」とは「酒と女」をたしなむ（？）ことであって、酒の方はお医者さんから「ほどほどに」といわれているが無視し、女の方は身内も呆《あき》れてもう何もいわない。五十歳の誕生日に「女百人斬り」を目ざしたが、八十歳の今は、あと三人というところで止っている。年内達成を目ざしているそうである。

全く前向きにもいろいろある。マラソンじいさんも前向きなら、「百人斬り」のご隠居も前向きである。これぞ老いて尚《なお》前向きに生きる模範の人といえるかもしれない。しかし考えてみると、老人の前向きは往々にして、はた迷惑ということになりかねない場合があるようで、マラソンじいさん宅の、もうそう若くもない子息のおヨメさんは、

「毎晩、脚腰のマッサージをさせられるのがねえ……元気なのはいいんですけど……」

と小声でいっていた。

私が理想とする老後のありようは「前向き」なんぞではない。小春日

和の縁側で猫の蚤《のみ》を取りながら、コックリコックリ居眠りし、ふと醒《さ》めてはまた猫をつかまえて蚤を取り、またコックリコックリ……というような日を送りつつ、死ぬ時が来るのを待つともなしに待っている。この、待つともなしに待っている、という境地が私の理想である。目がかすみ、耳が遠くなればなったでそれもよし、何も聞えなければよろずらくでい い。食欲がなければないでいい。働かなければならぬ仕事があれば別だが、居眠りしているだけなら無理に食べなければならないということはないのだ。蚤を取られる猫が我慢の限界に来ていて、隙を見て逃げ出そうとしていても、押さえつけている手を放したくなければ放さない。いつものことだと家族は笑っている。そういう日々が私の理想だ。

いみじくも良寛禅師はいっている。

「災難に逢《あふ》時節には災難に逢がよく候《さうらふ》。死ぬ時節には、死ぬがよく候」

この境地こそ、私が憧れる老後である。前向き、後向き、どうだっていい。老いた身体が向いている正面を向いていればいい。正面にあるのは死の扉だ。扉の向うに何があるかは誰にもわからない。わからなくてもいい。わからぬままにその扉に向う。扉は開いて私を呑み込み、そして閉じる。音もなく閉じる。

それでおしまい。

あえていうならば、これが私なりの「前向き姿勢」なのである。

嘘は才能か？

九十六歳ともなると、いうまでもないことだが気力体力衰えて、何をしたい、しなければ、と思う気も起らず、つまらないつまらないと思いながら毎日を過《す》ごしている。かといって外出の誘いがくると急に億劫《おっくう》になって動けない。

来る日も来る日も庭を眺めて坐《すわ》っている。九十六年の過去はベールのかかったパノラマだ。ただ曖昧に広がっている。とりたてて思い出すこともなくなっている。楽しかったこと、感動せずにはいられなかったことなど、いろんな思い出がある筈《はず》だが、べつに思い出そうともしないので、いつとはなしに薄れ消えて行っている。それでもそんな中から時折、鮮明に立ち上って来る思い出が一つある。小学六年生の三学期のことだ。昭和十年のその頃は、小学校から上の学校へ進学する子供はそう多くはなかったけれど、今ほどではないにしても入学難というのはそれなりにあった。

私の組からは十人が女学校の入学試験を受けることになっていた。担任の教師はむやみに教育熱心な中年男性で、進学志望者全員を志望校へ入学させねば、という熱い情熱に燃えていた。三学期に入ると、女学校の入学試験の日が近づいて来る。あせった先生は（私たちは別にあせってはいなかったが）受験者に居残り勉強をさせねばこのままでは危い、と思い決めた。しかしその頃は、学校でのきまりの授業以外に入試のための特別の勉強をしたり家庭教師についたりしてはならぬという通達が文部省から出ていて、居残り勉強させるなど、とんでもない違反行為である。

しかし私たちは先生に命令されるままに、通常の授業が終ると窓にカーテンを引き、カーテンのない廊下側の窓には机や椅子を積み上げて塞ぎ、その蔭《かげ》で、さながら密議を凝らす山賊の集団のようにひそひそと勉強したのである。

「いいか、ゼッタイにこのことを口外してはならん。ゼッタイにだ。ゼッタイいけない」

先生は帰り際に必ずいうのだった。

そんなある日のことだ。やっと内緒声の勉強が終り、私たちはシーンと寂しく鎮《しず》まっている廊下を忍び足で歩いて小暗い階段を下りて行くと、ぱったり教頭先生と出くわしてしまったのである。教頭先生もびっくりしたが、私たちはもっとびっくりした。

「あんたら……今まで何してた？」

教頭先生はいった。私たちは教頭先生をまじまじと見つめるばかり、誰も何もいえない。

「何をしてたか、いいなさい」

教頭先生は声を荒らげ私たちを順々に見廻し、私の顔に目を止めた。あッと思う間もなく、

「君、佐藤さん……やな？　あんた、いいなさい」

教頭先生はなぜか私の名前を知っていたのだ。ああ、いったい、なんでや？　という思いがとっさに来た。なんでこういうことになる！　なんで「私」なんだ！

それまでにも幾つか経験がある。こういう危難の際になぜか私は槍玉に上るのだ。教頭先生は私に目を止めて、答を待っている。私は追い詰

められ、ヤケクソになっていった。

「勉強してました」

「なに勉強――」それ以上教頭先生は何もいわなかった。そして、

「早う帰りなさい。もう日が暮れる」

とだけいった。それで私たちはほっとして、よかったね、といい合いながら我が家へ向ったのである。

だが翌朝がひどかった。授業はじまりのベルが鳴り終らぬうちに、教室の戸がグヮラリと開いて（ガラリではないグヮ、、、ラリだ）青黒くそそけ立った渋面が入って来た。教壇に上ってジロリと私を見、すぐにその視線を上へ向けていった。

「先生のいうたことを聞かない人がいる」

それが始まりだった。後は何も覚えていない。とにかく先生は憤怒《ふんぬ》し

ているのだった。よっぽど教頭先生に叱られたのだろう。「あれほどいったのに」とか「よかれと思ってしていることを」などという怒りの断片が頭の上を飛んでいた。その間、私は思っていた。「嘘つきは泥棒の始まり」と教えたのは誰や。「正直の頭《こうべ》に神宿る」ともいうた。それで正直にいうただけや。何が悪い。

そんな想いが先生に伝わったのかもしれない。先生は私だけを見ていった。

「世の中には嘘も方便という言葉がある。時によって人はつきたくない嘘をつかねばならんことがある。例えば四十七士の大石内蔵助。あの人らは忠義の士やと後世まで讃《たた》えられた。皆して世の中を欺き通して、つまり嘘つきになって主君の仇《あだ》を討てた。そして忠義の士になったんや」

なにいうてる。ウダウダと……と私の口惜《くや》しさは鎮まらなかった。私は思った。そんならあの時、教頭先生に、どんな嘘をいうたらよかったんですか。ウダウダいうならそれを教えてんか！

そう思っても、一言も何もいえなかった。先生に口答えするなんてことは、あってはならぬことだった。先生はエライのだ。先生のいうことは正しい。先生はゼッタイなんだ……。

思い出すたびに私は思う。なぜ、いわなかったんだろう。嘘のいい方を教えてくれと。そういわなかった口惜しさがもしかしたらこの思い出が消えてしまわない理由かもしれない。

居残り勉強はそれで中止になったのだったかどうか、覚えていない。私たち六年三組の進学志望者は十人が十人とも全員が入学出来た。それはその小学校では初めてのことだったので、熱血の先生の名声は高まった。

「よくやった。えらかった。えらかった」

と、先生は私たちの頭を順々に撫でた。あの一件などすっかり忘れたかのようだった。しかし私は忘れない。先生に嘘のいい方を訊かなかったことが心残りで、それで忘れられないのだろう。思い出すたびに私はあの時につくべき嘘を考えるが、どうしてもうまい嘘が見つからない。悩む。

私はつれづれに孫にこの話をした。すると孫はあっさりいった。

「そんなの簡単だよ。嘘なんていくらでも出てくるよ」

「えっ！　ほんと？　ならいってみて」

「教室に忘れ物をして取りに戻りました。もう暗くなるので校舎へ入るのが怖いので、皆について来てもらったんです」

私はすっかり感心してしまった。取柄といって何もない孫だと思っていたけれど、とっさにこれだけの嘘がいえるのはたいした才能だ。孫はつづける。

「お母さんから頼まれてた買物をしにお店へ寄ったら、ガマグチがない。皆も一緒に探してくれたんだけど、ないので学校に戻ってまた探してたところ、とか」

「上等！　どんどん出てくるんだねえ！」

「こんなのチョロいよ。嘘つくのに才能なんかいらないよ。いい馴《な》れればすぐに出てくる」

そして孫はつけ加えた。

「けどおばあちゃんはそれでよく、何十年も小説を書いて来られたよねえ……」

ブルンブルン体操

今から三、四十年前、いや、よく考えると五十年前になるかもしれない。それくらい遠い日のことだ。その日私は、今は亡き詩人の牧羊子さんと、テレビ局の出演者控え室で時間待ちをしながらおしゃべりをしていた。初対面であったが、話すうちに同じ大正十二年生れ、誕生も育ちも同じ大阪。女学校時代は戦時下学生として同じ経験をしたことがわかって、急に話が弾んだのだった。

「あの時代はアホが威張りくさって、良識ある人は黙って引っ込んで、もうどうにもならん世の中やったわねえ」

と牧さんはいい、私は防空演習なるもののバカげていたこと。バケツに水を汲んで、それを町内の主婦らがリレーして、最後に受けた人が、その水を焼夷弾《しょういだん》に見立てるために盛大に燃えている焚火《たきび》の上にブチ撒ける……それで爆発した焼夷弾が消えるわけはない、とホントは思ってるくせに、誰もが眞剣《しんけん》になって必死の形相で……と話に熱が籠るあまりに、立ち上ってその様をやってみせる、というあんばい。

「竹槍訓練もそう。ルーズベルトの似顔を貼りつけた藁《わら》人形を立てて、エイッ！　ヤアッ！……金切声上げて、走って行って竹槍を突き刺す！」

「みんな、アホになってたんやねえ」

「アホは伝染するんやねえ」

私たちの息はぴったり合って、興奮のあまり、お互いに大阪弁になったのだったが、そのうち牧さんが、トドメを刺すようにいった。

「それにそうや！　あの、ブルンブルン体操！」

前置きが長くなった。今日のテーマはこの「ブルンブルン体操」なのである。

牧さんの説明によると、ブルンブルン体操とは、上半身裸でするラジオ体操のことで、下はモンペでもスカートでも穿《は》いていてよい。上はどんなに寒くても肌着のシャツ一枚も残さず脱ぐ。その姿でラジオ体操をすると、一クラス、四十人の乙女の胸で八十の乳房が一斉に、ブルンブルンと揺れたという。私は経験していない。牧さんの経験である。

その体操は各自の教室で行われた。牧さんの担任教師は二十代の青年教師だった。教師も上半身裸になっていたかどうかは聞きそびれたが、青年教師は教壇の上で、

「イッチ　ニイ　サン　シイ

「ニイニイサン　シイ」

大音声の号令をかけるそのマナコは、カッと見開かれ、天井を睨《にら》みつけていたと牧さんはいい、青年教師にしてみれば天井を睨むしかなかっただろう、とつけ加えた。

そのうちその先生にも召集令状が来て、どこの戦線に連れて行かれたものやら、駅頭に見送ったままその後の消息はわからないそうだ。敵襲に晒《さら》される最前線の露営の夢に、四十人の乙女のオッパイがブルンブルンと揺れる様が現れて、命がけの戦線ではいっそ悪夢に近いものではなかったか。私と牧さんはそんな感想をいい合っているうちに時間が来て、私たちはスタジオに入った。その番組のテーマは、うろ憶《おぼ》えだが、「鴨《かも》葱《ねぎ》合戦」というようなもので、ゲストの男性、つまり「葱を背負った鴨」が私と牧さんに食われに来る、という勝手な設定のものだった。その鴨の中になぜか、当時東京都知事だった美濃部亮吉氏がおられたことだけ憶えている。

それから暫《しばら》くして私はある雑誌に「ブルンブルン体操」の話を書いた。するとそれを讀《よ》んだ女性から手紙が来た。その人の姉は私と同い年で、同じ頃神戸にいて、神戸の女学校に通っていたので、ブルンブルン体操は本当の話かと姉に訊いた。すると姉は、そんなこと嘘だ、といった。自分にはそんな経験はない。念のために友達に訊いたが、友達もそんなバカなことはしなかったといったそうですよ。そういう手紙である。それを讀んで私はカチンときた。

「そんなバカなことはしなかったといったそうですよ」

の、その「ですよ」の「よ」に籠っているものにカチンときたのだといっても、他人にはわからないこともわかっているのだが、カチンときてしまったのだからしょうがない。一口にいってしまうと「私を小バカにしてる」と感じさせる「よ」だったのだ。

どうやら手紙の主は、私が讀者《どくしゃ》を面白がらせるために、造り話を書いたと思い決めているようだった。そんなあり得ない造り話、誰が面白がるかネ、という気持なのだ。私はそう悪く推量した。

戦争というものがいかに人間を愚かにするものか。それを批判しながら、抵抗出来ずに同調してしまうことのおかしさ、滑稽さ、弱さ、不思議さ、そして国家権力の強力さ、それをいいたいという私の意図は宙に浮いて、イチャモンをつける楽しみ（？）の標的にされたことが、何とも腹立たしかったのである。

ブルンブルン体操についてのイチャモンはもう一通来た。かねてより私の愛讀者だといって私の書いたものを讀むと必ず論評してくる同年輩の作家志望者である。

「ブルンブルン体操、面白く拝讀しましたが、多少異議があります。

ブルンブルン体操とは牧羊子さんがつけられたネーミングだそうですが、あの時代の私たちは皆栄養失調気味で、とてもブルンブルンとはいえかなかったように考察します。いいところでプルンプルンくらいはいえたかもしれないけれど、それでもリアリティは感じられません。あの頃に思いを馳《は》せると、私たちのオッパイは胸に張りついてすこぅし膨らんでいるといったペチャパイだったと思います。思い切ってペチャパイ体操というのはいかがでしょうか。

佐藤先生ほどの言葉にうるさいお方が、ブルンブルンをそのまま通されたことに、私は失望しました」

このイチャモンには思わず私は笑ったのであった。

それから更に月日が流れた。つい数日前のことだ。必要があって書庫で古本を探していると、ふと目についたのが『昭和の歴史』という大判の写真集である。六巻のうち、三巻目で帯に「太平洋戦争始まる。昭和十六年」というタイトルがある。何げなく手に取って埃《ほこり》を払い頁《ページ》を繰ると、大空を背景に笑顔の少女が立っている写真が現れた。今し大地から抜き取ったばかりと思われる、土のついた大根を右手で高くさし上げて……あッと思わず私は声を上げた。彼女の上半身は裸だ。その胸の二つの仄《ほの》かな膨らみからは爽やかな乙女の香《かおり》が匂い立ってくるようだった。腰から下はモンペに包まれている。

やった！　あった、あった……これが証拠だ。人目のある戸外での農作業を裸でやるくらいだから、教室内の裸体操など何の問題もなかっただろう。「ザマァミロ」といいたかった。誰に向って？　って、あのイチャモン読者に向ってである。思えばあれからもう五十年ほども経っている。牧さんはとっくに亡くなった。イチャモン読者はどんなバアサンになっているだろう。この輝く笑顔の、まだ膨らみ切れない可憐《かれん》な乳房の少女は幸《しあわせ》な老後を送っているだろうか？

「新潟県市之瀬国民学校では国防に必要な体力と精神力を目指して在学中は全員上半身裸。農作業も裸でやった」

写真の横のキャプションはそういっている。すべては茫漠《ぼうばく》の彼方に消えて行った。今はただこの無機質な文言が残っているだけである。

小さなマスク

女性セブンに「九十歳。何がめでたい」の隔週連載を始めたのは二〇一五年あたりかと思う。だとすれば私は九十一歳か二歳か、多分そのへんだ。

「かと思う」とか「多分」とか、自分自身のことじゃないか、ちゃんと考えろ、といわれるだろうが、もはや年なんてどうだっていいのである。私が文学史に名を残すような大作家なら必要かもしれないが、そのうち露と消える雑文書きであるから、一年や二年や三年くらい、正確でなくても誰も困りはしないのだ。要するに今、これを書いている私は九十六年を半分くらい過ぎた歳の大ババアであることがわかればそれでよい。

今からヨメに行くわけでもなし。

今年の一月から今日七月十日までの約半年の間に私が家の外に出たのは二回だけである。高血圧の薬を貰いに主治医の所へ往復七百歩余りを歩いただけだ。コロナ騒ぎで不要不急の外出は控えよというお上《かみ》のお達しに従っているわけではない。すべてにものぐさになっているだけのことだ。

朝九時過ぎに起床。洗顔し、牛乳をコップ一杯飲み、朝刊二紙を讀《よ》む。それだけでもうすることは何もない。いや、することがないわけではないが、する気がないのだ。空腹を感じないので朝食はとらない。ハラが減らないものを無理して食べることはないのだ。居間のテレビの前にあるロッキングチェアに坐《すわ》る。そのまま殆《ほとん》ど一日、そうしている。テレビを見るためにそこにいるわけではない。テレビの前にロッキングチェアがあるから坐っているだけのことである。テレビを見るのがもう面倒《めんど》くさい。仕方なくさして広くもない庭を見ている。見たくて見ているのではなく、目のやり場がそこしかないので見ているだけである。

コロナウイルスのせいか、訪ねて来る人もなく、会いたい人がいるわけでもない。そんなにすることがないのなら、原稿を書いて下さいと、この欄の担当である橘髙《きったか》さんはいいたいだろうが、いっても無駄だと諦めているのだろうか、いうのが怖いのか、今日こそいおうと心を決めていても、私の声を聞くといえなくなるのか、生来、彼は穏和な性格なのか、私の我儘《わがまま》気質を呑み込んでいる賢者なのか、とにかく何もいわない。気配伺い（？）の電話がかかるだけである。

だからといって、私はノホホンとしているわけではない。だ・か・ら、私は書かなければと時々思っては暗澹《あんたん》としているのだ。書かなければ、と思いながら書かないのは、書けないからなので、橘髙さん、ごめん、といつも心の中で謝っている。心の中のことだから、橘髙さんにはわからないだろうけど。

私の作家としての感性は眼、耳、脳《のう》ミソの衰えによって、もう長い眠りに入りかけているのだ。今のところ達者なのは口だけなので、たまに電話で長話をすると相手の人はたいてい「相変らずお元気ですねえ」という。長年の習慣で人と対すると元気が出てしまうらしい。

そんなある日、こんな電話がかかった。どこかの雑誌かサークルかの人で若々しい男性の声が、安倍首相の今回のコロナ対策について、イッパツ、ドカンとやってくれませんか、といった。「ドカンとやる」とは悪口をいえということらしい。

冬籠りの穴ぐらに、いきなり槍を突っ込まれた熊の気持はこんなものではないか？　とっさに私は身を引いた。これが前ならはり切って、うん、なに？　と穴から出ていただろう。しかし今は何のために？　首相の悪口をいうために、この居心地のいい所から出なければならないのか？　失礼じゃないかと思うが、それを口に出すのも億劫《おっくう》だ。最も簡単な断り方で、何の曲もなく断った。

「何もいうことはないので……失礼します」

世間では悪口、批判、文句のたぐいは佐藤愛子の専賣《せんばい》と思っているかもしれないが、もはや老耄《ろうもう》への道をひた走る佐藤にはそのエネルギーはない。今、私が安倍首相について感じていることといえば、

「なぜ、あのように小さなマスクをつけるのか？」

という疑問である。テレビで見る閣僚の皆さんは、揃ってこっぽりと顎《あご》と頬まで包み込むたっぷりしたマスクをつけておられるというのに、首相だけ、マスクの下から顎が出ているという小ささである。首相の顎が、時々テレビで見かける、名前は知らないがお笑い系の人の見事なしゃくれ顎のようであれば、それなりの存在感が人の目を楽しませるだろうが、首相の顎はありふれていて、且《かつ》、首相の孤独を象徴しているかのようだ。その顎の孤独に対して、私は「ドカンとやる」ことなんか出来ない。

すべての不足不満不安が首相一人の身にふりかかっているのだ。その疲労はどんなものか、忖度《そんたく》する余裕は国民にはない。目の前の思うに任せぬ不足不満へのストレスは首相を罵倒《ばとう》すれば解消するというものではないと私は思う。あのマスクの下からニュウと出ている顎に気がついてからは。

イタリアのカンパニア州の知事さんは、コロナの感染が勢《いきおい》を広げているというのに、大学生らが卒業祝いのパーティをしたと知るとこういって怒った。

「火焔《かえん》放射器を持って国家治安警察隊を送るぞ！」と。

またグアルド・タディーノという市の市長はこうだ。

「家にいろ！　人が死んでるのがわからないのか！　一日四百人以上が死んでいるんだぞ！　死んでいるんだぞ（くり返し二回）。全員クソだ！　バカばっかりだ！　バカどもめ！　外に出る愚行をやめろ!!」

また別の市長は美容院へ行っているお客を見て憤激した。

「いくらヘアスタイルがきれいになっても、棺桶《かんおけ》に入ったら誰も見やしないんだぞ！」

いや、もう……何といったらいいのか。もうムチャクチャだ。犬を連れてATMでお金を出そうとしている人を見てクソ、バカ呼ばわり、

「前立腺肥大の犬なんか連れて列を連ねやがって」

何の罪もない犬まで憎まれ、勝手に前立腺肥大だなんぞとあしざまに決めつけられる。

イタリアの国民性なのかどうかは知らないが、痛快極まりない怒り方ではないか。――と思うのは私一人かもしれないが、これで血肉湧き立ち、みるみる元気が出てくるではないか。非常時を乗り切るには迫力が必要である。迫力でドギモを抜いて、国民を怒らせ沈んでいた負けん気を起させることが肝要ではないのか。

一方、我が国の首相はどうか。

「どうか国民の皆さんにおかれましては現在の情況をご理解いただいて、

不要不急の外出はくれぐれも控えて下さるようお願いいたします」

こう来られると、国民は悪口をいう気が萎《な》えてしまう。萎えて、おとなしく、反抗する気はなくなって三密とやらを守ったのではないだろうか？　それを麻生財務相は「民度」の高さといわれたらしいが。

そうこうしているうちに、コロナウイルスの蔓延《まんえん》は力を弱めて来たようで、首相はマスクを外して国民に挨拶をされた。

「国民の皆様お一人お一人が強い意思を持って可能な限りの努力を重ねて下さったその成果であります。協力して下さったすべての国民の皆様に心から感謝申し上げます」

そう語り、当初の予定一か月で緊急事態を終えることが出来なかったことについて、

「国民の皆様にお詫び申し上げたいと思います」

あくまで礼儀正しいのであった。

その顔にマスクはない。

顎はもとの顎に立ち返った。

これで国は息を吹き返し、もとの活気ある姿に戻るだろう。そう思って喜んでいたら、一月と経たぬうちに、再び感染者が増え始めたではないか。

あの小さなマスクはどうなった？　燃えるゴミの中に捨てられ、とっくに煙になって消えたのだろうか、それとも大事にしまってあるのか。

聞くところによると、あのマスクは首相が国民に贈った心やりのマスクなのだが、貰った国民は誰一人つけようとしないので、首相は一人で頑張っておられるのだとか。

ああ、首相は首相なりに一生懸命頑張っておられるのだ。あの小さなマスク、その下からニュウと出ているあの顎。哀愁漂う孤独な顎。あれを見ると首相の悪口など、私はいえなくなる。老境の感慨とはそういうものである。

みいれなのか　ねのね

幼い頃、私は一日中声をはり上げて歌を歌っている女の子だった。四歳年上の姉もよく歌っていた。父はお風呂に入ると必ず義太夫を唸《うな》った。隣家の福森チエちゃんのお父さんは自分は歌わないが聞くのが好きだった。毎晩、必ずレコードの歌声が庭を越えて私の家まで流れて来た。題名は知らないが「べに屋で娘のいうことにゃ」という歌い出しだった。女性歌手のキイキイ声が歌う。

「べに屋で娘のいうことにゃ
サノ　いうことにゃ
はーるのおッつきさま　薄ぐもり

トサイサイ　うすぐもり」

チエちゃんのお父さんはこの歌がだい好きなのだとチエちゃんはいっていた。「隣の旦那さん、モノいうたらソンやという顔してはる」と手伝いのおミヨがいつもいっているあの子供に厳しい怖い小父《おじ》さんが（チエちゃんの六年生のお兄ちゃんは宿題が出来ないというので毎日のようにイガグリ頭を叩かれていて、ピシャンピシャンという高い音が私が覗いている窓まで聞えていた）こんな歌が好きなのか、と私はふしぎに思ったものだった。

「ストトン　ストトンと通わせて
いまさら　イヤとは胴慾《どうよく》な
イヤならイヤだと最初から
いえばストトンで通やせぬ

ストトン　ストトン」
私はこの歌をよく歌っていた。それは近くの普請場で大工さんがカンナで柱を削りながら歌っているので憶《おぼ》えた歌である。一番から五番まであって、五番はこうだ。
「ストトン　ストトンと家を建て
朝から晩まで　大工さん
自分で建てた　その家へ
敷金積まねば　入られぬ
ストトン　ストトン」
私の家では「そんな歌、子供が歌うものじゃない」などとはいわない家風だった。小学校へ上ると先生から「流行歌《はやりうた》を歌ってはいけません」といわれたが、私はかまわず、

「木曽のなー　なかのりさん
木曽の御嶽《おんたけ》さんは　ナンジャラホイ」

と大声で歌っていた。

あの頃は町のいたる所で誰かが歌っていた。誰に聞かせようというのではない。歌が自然にのどの奥から出て来て知らず知らず歌っているようだった。自転車を走らせながら、大工さんはカンナをかけながら、我が家ではおミヨが手こぎポンプで水を汲みながら、ガッチャン、ガッチャンに合せて歌っていた。たいていの場合、

「オーレは河原の枯れすすき」

という歌だった。すると私はすぐに、

「おーなじお前も枯れすすき」

と受ける。おミヨは喜んでハリ切ってポンプを押す手にも力が入り、

「どうせ二人はこの世では」

とつづけ、あとは二人声を合せる。

「はーなの咲かない　枯れすすき」

いやぁ、愛子嬢ちゃんはほんまにかしこいなぁ、たいしたもんや、と
おミヨは上機嫌。

「月は無情というけれど」

とまた歌い出せば私はすぐさま「コリャ」と合の手を入れるのだった。

いい時代だった。みんな暢気《のんき》だった。カラオケなんてものはなかった。

みんな勝手に歌っていた。人に聞かせるためではない。歌上手になりた
くて歌うのでもない。だから音痴、調子ッ外れ、なんでもかまわなかっ

た。
そんな歌声が町々から消えたのは、アメリカとの戦争が始まったからだった。戦時の国民としては非常時にふさわしい歌を歌わなければならないのである。
「見よ東海の空あけて
旭日高く輝やけば
天地の正気はつらつと
希望はおどる大八洲《おおやしま》」
面白くも楽しくもない歌を歌うようになった。歌は歌いたいから歌うものでなくてはならないのに、「歌わされる」ものになったのだ。私が歌いたい歌は非常時にふさわしくないものばかりだった。以前のように思いっきり大きな声で歌うわけにはいかなかった。小声で歌うなんて、それは歌への侮辱だと私は思っていた。

戦争は長かった。中国との戦争が始まったのは私が女学校の二年生の時だったが、アメリカとの戦争が加わったのは女学校を卒業した年だった。

「わが大君に召されたる
いのち光栄《はえ》ある朝ぼらけ
たたえて送る一億の
歓呼は高く天を衝く
いざ征《ゆ》けつわもの日本男児」

陸軍省撰定《せんてい》のその歌を私たちは歌った。それから大政翼賛会が作った「進め一億火の玉だ」も歌わされた。

「ゆくぞゆこうぞぐゎんとやるぞ
大和魂だてじゃない
見たか知ったか底力
こらえこらえた一億の
かんにん袋の緒が切れた」

これらの歌は、自転車の兄《アン》ちゃんがペダルを漕ぎ漕ぎのんびり歌う歌ではなかった。直立不動して歌う歌だった。戦場にかり出されて行く兵士を駅頭に見送る時とか、町内隣組の集会の時とかにこの歌を歌った後、組長の指令で、戦線の兵隊さんの「武運長久」を祈るのだった。

そのうち戦況は逼迫《ひっぱく》して来た。空襲が始まり、「ゆくぞゆこうぞ、がんばるぞ」どころではなくなった。空襲から逃げまどいながら歌ってなんかいられない。あれほど歌うのが好きだった私も歌うことを忘れた。

そのうち戦争が終ったけれども敗戦という終り方なので歌どころではないという暮しはつづいた。間もなく焼土に復興の槌音《つちおと》が響き出し、町は活気をとり戻し、拡声器があおり立てるように歌声を流すようになったが、私はまだ「歌どころか」という生活の中にいて、歌は戻らず、そのまま今日まで来た。

全く歌わなくなった私だが、時々だが気がつくと、いつか口ずさんでいる歌がある。

「みいれなのか　ねのね
すぎわーたる　ゆうぐれ
はつかねのか　ここに
こえたてて　おちきぬ」

という妙な歌だ。何のことかさっぱりわからないが、気に止めずに歌いつづけてきた歌である。

だがいつ頃からか、この歌詞は何だろうという思いが湧いてきて、何だ、何だろうと思いながら歌っていた。同年輩の友人に歌ってみせ、この歌は何だろうというと、たいてい「そんなけったいな歌、知らんわ」とか「メロディは聞いたことあるみたいやけどねえ」とあっさりあしらわれて終るのだった。手毬《てまり》つきの時に歌った歌であることは間違いないのだが、その頃の毬つきの仲間に訊けばわかるだろうが、当時、私は三歳ぐらいで、「仲間」というよりも四つ年上の姉にくっついている「おまけ」のような存在だったから、姉はとっくに亡くなり隣のチエちゃんたちもどこにいるのかわからない。私はつれづれに孫を相手にそんな述懐をし、

「そうしてわからないままに歌いつづけてこの年になってしまった。そ

してわからないままにこの世から消えることになるだけ……」

と感傷的になったりしていたのだが、ある夜、孫が私の部屋に入って来ていった。

「おばあちゃん、わかったよぅ」

「わかった？　何が？」

「みいれなのかだよ」

そういって紙切をさし出した。大正昭和の歌を集めた本を見ていると、「三井寺の鐘の音」という歌い出しの歌が目に入った。もしやと思って、と孫はうろ憶えの妙なふしをつけて歌ってみせた。

「三井寺の鐘の音
すみわたる夕暮
初雁も堅田に

声たてておちきぬ」

そうだ！　これだった。「みいれなのかねのね」は「三井寺の鐘の音」だったのだ。「はつかねのかここに」は「初雁も堅田に」だったのか。

三歳の私はまだ舌がよく廻らなかったのだ。「アメリカ生れのセルロイド」と歌う歌を、「アメジカ」「セルドイド」と歌っては、姉に笑われ、何度いい直してもうまくいえなくて、それまで笑っていた姉はだんだんに怒り出し、私は泣いたことが思い出された。

孫は、

「よかったね。これでスッキリした？」

といったが、私は何もいえなかった。何だか閊《つか》え棒を外されたようだった。気が抜けていた。

「みいれなのかねのね」は私の幼い日の、無垢《むく》な幸福の象徴だった。空っぽの胸にそんな思いが来て……あれは何だったのだろう。寂寥《せきりょう》のようなものがじわーっと流れ出していた。

思い出考

三十代の作家志望の女性が訪ねて来て、佐藤さんのように九十六年も生きてきた人には、思い出がいっぱい詰っていて、それがものを書く上で役に立っているのでしょうね、といった。

人生経験の分量は確かに彼女の三倍以上ある。しかも女学校二年の時から満二十一歳までずっと戦争時代だったのだから。しかしあることはあるが、その大半は加齢と共に薄らぎ消えて行きつつある。つい何日か前まではははっきり憶《おぼ》えていた思い出が、今日はアイスクリームのように溶けている。かと思うと、忘れていた遠い情景がひょっこり現れて来たりする。

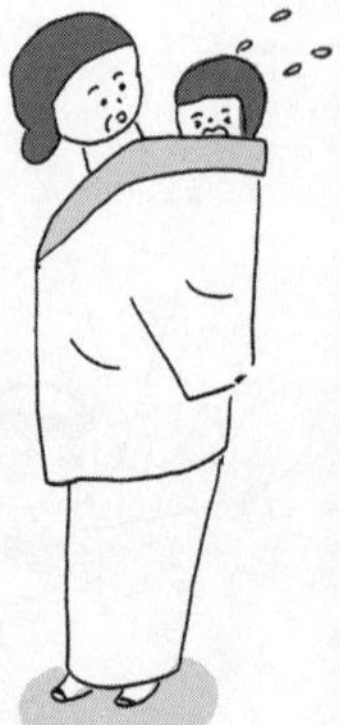

遠い遠い、私がまだたどたどしくしゃべっていた頃のことだ。私は座敷の坐卓《ざたく》につかまり立ちして、広げた漫画を指さしていっている。

「お父ちゃん……これお母ちゃん……」

その漫画の題名は「凸山《デコ》さん凹《ヘコ》べえさん」という。凸山さんはハゲ頭だ。私の父は禿《は》げてはいないのだが、私はハゲ頭は男性であることを知っていて、だから凸山さんは男性で、だから「お父ちゃん」なのだ。凹べえさんは黒々とした髪を七三に分けている。だから女性で、「お母ちゃん」なのだ。そういう認識だったのだろうと思う。坐卓のまわりに父と母が坐《すわ》っていた。四つ上の姉もいた。それから私を育ててくれた「ばあや」もいた。

「そうかそうか、それがお父ちゃんか」

と父はいった。

「アイちゃんは賢い子だねえ……」

それが九十六年の私の人生での、一番遠い思い出だ。そんな頃のことを憶えているなんて信じられないと人はいうが、そういわれても幼い頃のことを思うと必ずこの情景が出てくる。

積み重なる成長の記憶の中でもすぐに消えるものもあれば、いつまでも消えないもの、こびりつくもの、またこういうものもある。

「愛子さんの小さい時、ねんねこのばあやさんにおんぶされて、何が気に入らないのかよく怒って泣くもので、ほっぺたが涙の痕《あと》だらけで、眞《まっ》赤《か》にふくれて熟《う》れ過ぎた富有柿《ふゆうがき》みたい。それはもうものすごい赤ちゃんだったわね」

会うたびに必ずそういう年上のイトコがいて、あまり始終いわれているうちに、熟れ過ぎた柿の私が乳母の背中で怒り泣きをしている情景が

（よく考えるとそれはイトコの思い出なのに）私自身の思い出になってしまっているのだった。

私には「もんちゃん」という小学校女学校を通しての親友がいた。もんちゃんという通称は女学校に入ってからつけられたものだが、そのいわれは左と右の眉毛《まゆげ》がつづいているところがモンキー風だということであった。誰がいい出したのか私は知らない。私は渾名《あだな》をつける名人といわれているけれど、こんなくだらん渾名はつけないよ、ともんちゃんにいったことがあった。だがもんちゃんは気にしたふうもなく、年賀状なんかでも気らくに「モンより」と書いていた。

私たちが女学校を卒業した年の十二月にアメリカとの戦争が始まった。そして四年後に日本は降参して戦争は終った。その間はお互いに消息不明のままだった。再会したのは敗戦の傷痕も癒えて、学生時代の友達の消息などもわかるようになり、時々、クラス会をするようになった頃のことだ。クラス会といっても、故郷を出て東京に住むようになった十人足らずのクラスメイトで、その中にもんちゃんも私も入っていた。

クラス会は楽しかった。敗戦後の厳しい現実の中では、気心知れた旧友と思い出話をするほかに何の楽しみもなかったのである。楽しんでする思い出話といえば、平和な時代の学校生活、懐かしいあの時この時の思い出かと思われるだろうが、そうではなかった。胸の中に溜《たま》りに溜っている戦時中の苦労話、話そのものは楽しくはないが、それを吐き出すのが楽しかったのだ。

ある人はアメリカの爆撃機がばら撒く焼夷弾《しょういだん》の雨の中を必死で逃げたこと、初めのうちはお姉ちゃんと手をつないで走っていた。どこへ向っているというわけでもない。町内の人が走る方向、とにかく焼夷弾の落ちないところへ向って一緒に走っていた。その時、お姉ちゃんとつないでいた手が、グワッと引っぱられて離れた。お姉ちゃんは無惨な姿で倒れていた。焼夷弾が頭を直撃したのだ。

また別の人は敗戦後の焼け残ったビルのトイレで用を足して、出ようとしてドアに手をかけた途端にドアはパッと開いて、雲つく大男のアメリカ兵が二人、どっと押し入って来た。彼女は声を限りに叫び、喚《わめ》き、暴れまくった。彼女の学校時代のニックネームは「おっさん」である。おっさんがあまりに暴れるのでアメリカ兵は諦めた。おっさんは危うく陵辱されるところを自力で防いだのである。

同じ話を何度も私たちは聞いたりしたりした。何度聞いてもどの話も感動的だった。いう方も聞く方も飽きることがなかった。だがそのうち私ともんちゃんはこっそり、「アメリカの兵隊もこんなおっさんを相手にしているより、もうちょっとマシなのがいるやろ、という気になったのかも」などといい合ったりするようになった。敗戦の焼土にも花が咲き、家が建ち、子供が喧嘩する声が聞えてきて、戦争戦後は遠ざかって行き、吐き出したい思い出もだんだんに消えて行ったのだ。

出席者の人数は増えたり減ったりしながらクラス会は回数を重ねて行き、話題といえば骨粗鬆症《こつそしょうしょう》や認知症の話になって行った。お姉ちゃんが焼夷弾の直撃を受けて、つないでいた手と手がガッと引き離された、という話など忘れられてしまっている。この頃は野菜に香《かおり》がなくなった、昔は胡瓜《きゅうり》は胡瓜の香がした、それであぁ夏が来た、と弾んだものだったけど、まったくこの頃の食物は野菜も魚もひどい。昔は魚を焼くと、鮎《あゆ》、さんま、鮭《さけ》、それぞれの匂いがあったものやけど、など、だらだらと愚痴とも批評ともつかぬ話がつづく。我々の話も胡瓜と同じくらい、気が抜けてるのだった。

そんな時もんちゃんが話し出した思い出話がある。

「けどわたし、魚の臭いでえらい目に遭うたことあるの」

ともんちゃんは始めた。

久しぶりで戦争が負けいくさで終った頃の話である。もんちゃんは戦時中に空襲を避けて両親や弟妹と西伊豆の山村に仮住居《かりずまい》していたのだが、そこから歩いて小一時間という海辺にいる伯母さんの、病気見舞いをお母さんから頼まれて出かけて行った。見舞いといっても実際は看病である。何日か看病して帰る時、伯母さんは近所の漁師から貰ったという干物と生魚を土産にといってくれた。干物は少し古くなっていて、プンといやな臭いがしたが、もんちゃんは少しでも沢山持って帰りたい一心で、かまわず手提げ袋にギュウ詰めに押し込んで出発した。

村を出て田圃《たんぼ》や芋畑や草っ原を歩いて行くうちに、もんちゃんは後ろに犬がいることに気がついた。中型の赤犬で、何か汚いものをぶら下げて、汚れ放題に汚れた野犬だ。与える食物がなくて飼主から見捨てられた犬である。

古くなった干物の匂いはむやみに強い。その匂いに引き寄せられてついて来ているのだった。もんちゃんは急ぎ足になった。それから走った。いつか犬の数が増えている。犬どもの鼻息が脚にかかるようになったので、もんちゃんは手提げの魚を一匹、引っぱり出して遠くへ投げた。犬たちが一斉に走って行く間に、必死で走ったが、犬はすぐに追いついてくる。仕方なく一匹投げては走り、走ってはまた投げた……。

私たちは何もいえず、もんちゃんを見つめて息を呑んでいるだけだった。もんちゃんは感きわまって言葉がつづかない。

「それで魚は？」

と訊くと、

「そんなもん！」ともんちゃんは殆《ほとん》ど喧嘩腰でいった。

「残ってないよッ。一匹も！」

やっと家が見える所まで来たら、家の前のかぼちゃ畑の前でおじいちゃんが暢気《のんき》にラジオ体操をしていた。それを見るなりもんちゃんはカッとなって、空っぽの手提げ袋を叩きつけた……。おじいさんに向って？いや、かぼちゃに、ともんちゃんはいった。それはおじいさんが丹精こめて作ったかぼちゃだった。

それが私たちの青春時代だ。それから七十年余り経つうちに、私は何度その思い出を語ったことだろう。

ひと頃は「わかる。そのキモチ。手提げを叩きつけるしかなかったキモチ」という人がいた。中には涙がふくれ上る人もいた。だがそういう人はだんだんいなくなり、今はみな笑う。とりわけ手提げをかぼちゃに叩きつけるくだりでどっとくる。

この国は平和がつづき、飽食の国になったのだ。悲痛な思い出は笑い話になった。それを語る私も笑っている。笑い終えて憮然《ぶぜん》としている。

マグロの気持

いきなりだがマグロという魚は、生きている限り、休むことなく泳ぎつづけているそうだ。

泳ぐのをやめると死んでしまう。だから朝も晝《ひる》も泳ぎつづけている。日中は時速二十㎞の速さで泳ぎながら、小魚などをパクリとやって泳ぎながら食べる。夜は時速五㎞くらいに減速して泳ぎ、休息をとるだけ。眠るために泳ぐのをやめることはないという。

なぜマグロは死ぬまで泳ぎつづけるのだろう？

普通の魚はエラ呼吸によって酸素を取り入れている。しかしマグロは身体が大きいのでエラ呼吸だけでは酸素が足りない。泳いでいると口から海水が入って来て、酸素を取り込むことが出来るので窒息せずにすむ。泳ぎつづけるのは、そのためらしい。

私は毎日、日曜日も祭日もなく、机に向って原稿用紙に何かしら書いている。書いてはいるが、この頃は終りまできちんと書き切ったことはない。必ず途中で讀《よ》み返し、気に入らなくてバシッと原稿用紙を剝《は》ぎ取り、ガシャガシャと丸めて屑籠《くずかご》目がけて投げ入れる。毎日それのくり返し。ああ、もうダメだ！　もうアカン！　と叫び、しかしまた新しく書き始める。

書けば決まってバシッ！　ガシャガシャになるのは、文章が気に入らないからである。以前はそんなことはなかった。讀み返すことによってそこから次の文章が薯《いも》ヅル式に出て来たものだ。書いた文章は次の文章への誘い水になるのだった。それがいつの頃からか、薯のツルがなぜかプッンと切れてしまうようになった。道を歩いていて、どこへ行くのか行き先がわからなくなるというような模糊《もこ》とした空気に包まれる。私の行く先はどこですか、と他人に訊いてもしようがない。一人でうろうろするだけだ。何の収穫もない、なのに無駄に書きつづける日がつづいている。

要するに、きっぱり、書くのをやめればいいのである。書かなければゴハンが食べられないというわけじゃなし、と娘はいう。母さんはもう十分、仕事をして来たではないか。なぜそうガツガツするのよ、と。その通りである。やめればいいのだ。スッキリする。そう思う。

だが私はやめない。二十五の時から賣《う》れても賣れなくても平気で書きつづけて来た。七十年以上になる。「習い、性《せい》となる」とはこういうことか。書くことが楽しいのかと訊かれると、うーんと考えてしまう。書き潰してばかりいて苦しくないのかといわれても、やっぱり考える。すぐには答えられない。昔、遠藤周作さんが、ものを書くことは楽しくて苦しい。つまり「たのくるしい」というやつやな、といっていたが、今はあながち「たのくるしい」とも思わない。夜も晝も泳ぎつづけるマグロに楽しいか、苦しくはないのか、と訊いたとしてもマグロは答えられないだろう。楽しいも苦しいもなく、マグロは泳いでいる。ただ泳いでいるだけだ。

「母さんはマグロなんだから仕方がないのよ」

と娘はいった。

思えば私の父もマグロだった。今はもう知る人はいないが、私の父は佐藤紅緑といい、大正時代から昭和にかけて、精力的に大衆小説を書いていた。元来、人並外れた熱血漢だったので、書く小説にも熱血が漲《みなぎ》って大衆讀者《どくしゃ》の心を摑《つか》み、特に少年少女向きの小説は讀者を熱狂させた。毎月、愛讀者から送られて来るファンレターが座敷の床の間に塔になっている様を見るたびに、小学生の私は父を誇らしく思ったものだった。

だがある日、それは私が女学校卒業間近の頃だったと思うが、父のもとに講談社のある雑誌の編集長から手紙が来た。いつものように原稿受領の御礼だと思って讀み出した父は、冒頭の一行を讀んで我が目を疑った。

「今回はまことに困りました」

そういう書き出しだった。挨拶も何もない。それは父の原稿への苦情だったので忽《たちま》ち父は火を噴いた。

「おいっ！」

と父は母を呼んだ。

「これは何だ！　讀んでみろ！」

と手紙を投げつけた。

栄枯盛衰は世の習い。父は七十歳手前だったと思う。何年も多作をつづけて書く力はもう弱っていたのだろう。書く小説はパターンになり始めていたのだ。それまでも編集部では父の筆力が衰えて来ていることについての批判が出ていたのかもしれない。しかし父自身は何も気づかず、常に讀者を満足させているという確信に満ちていたので、その迫力に押されていい出し兼ねていたのかもしれない。

そんな時、編集長が異動になった。何年も馴染んできた古狸《ふるだぬき》の編集長は去り、若い新しい編集長に代ったのだった。古狸は長年のつき合いであり、父の原稿に対しては美辞麗句を並べて感謝するという習慣が出来ていた。だが新編集長はそんなことは知らない。ダメなものはダメ、とはっきりいう気鋭の若手だったのだ。

母は手紙を讀み、それから送り返されて来た原稿を讀んだ。それから姉に讀ませ、私にも讀ませた。そして訊いた。

「どう思う？」と。

一讀して私は「こりゃアカンわ」といった。父の熱血が空廻りしてて わざとらしい、と私は生意気をいった。姉も同感だった。母は黙って考え込んでいた。そしてその翌日、母は父にいった。

「あなたはもう十分過ぎるほど書いて来られたじゃないですか。もうこのへんで身を退《ひ》いて、後は好きな俳句でも作って穏やかに暮せばいい。経済的なことは心配いらないようにちゃんと用意してありますから」

「うむ」

とだけ、父はいったそうだ。激情家の父が素直に母の言葉を聞き入れたことに私は胸を突かれた。いきなり太陽が翳《かげ》り、この家が暗く縮んだような気がした。

その日の日記に父は一行、こう書いている。

「講談社不遜《ふそん》なるをもって筆を断つ」

その一行をもって父はマグロとしての人生を投げ捨てた。佐藤紅緑は普通の「おじいさん」になったのである。マグロではなくなったから、もう泳がない。いつも机の上に広げてあった原稿用紙はなくなった。少しずつ老耄《ろうもう》して、七十六歳まで生き普通のおじいさんとしてこの世を去った。もしもあの気鋭の編集長が登場しなければ、父はどこまでも一人よがりに泳ぎつづけマグロとして最期を遂げたかもしれない。

いかなるカルマか因縁か、あるいは天罰というべきか、残された子マグロの私は来る日も来る日もペンを握り、よしなしごとを書いてはバシッと原稿用紙を剝ぎ取り、ガシャガシャと丸めて屑籠に投げ入れている。そうして遠く大洋ではマグロたちが黙々と泳ぎつづけている。なにゆえ泳ぐのか、書くのか、いったいいつまでつづくのか。考えないわけではないのだが、考えたところでわからないので考えない。

千代女外伝

小学校五年生の時だったと思う。国語の授業で私は「朝顔に釣瓶《つるべ》とられてもらひ水」という俳句を教わった。それが俳句というものを知った最初である。そして「加賀の千代女」という俳人の名を憶《おぼ》えた。担任は石塚先生という中年男性だったが「この句を見てどう思ったか？　佐藤さん」といきなり私は指名された。

――どう思うか？……いきなりいわれてもなァというのが最初の感想であった。朝顔の蔓《つる》が伸びて井戸の釣瓶にからまっているので、隣りへ水を貰いに行った……なにもわざわざ隣りへ行かんかて、朝顔の蔓を引きち切ったらええだけのことやないのん、と私は思ったのだったが、そんなことをいっては先生の気に入らないことぐらいはわかっているから、黙っていた。それで先生は西さんというお気に入りの優等生に顔を向けた。

「西さん、あんたはどう思うた？」

西さんは「ハイ」と凛々《りり》しく答えて立ち上り、

「これは千代女という人の、優しい人となりを現していて、とてもいい俳句やと思います」

「人となり」などという高級な言葉を使って、すらすらという。先生は満足そうに大きく頷《うなず》いて、

「その通り。これは実に女らしい、清々《すがすが》しい俳句です。朝起きて、水を汲もうと井戸端へ行ってみると、朝日を受けて伸びた朝顔の蔓が釣瓶にからまっている。皆の中には、なんやこんなもん、邪魔、邪魔、という

て引きち切ったりする人もおるかもしれんが……」

といって皆を笑わせ、チラッと私を見た（ような気がした）ので、ムカつきながら仕方なく私も笑ってみせたのだったが、それ以来、加賀の千代女と聞いただけで私は胸クソが悪くなった。

教室で私の席と隣り合っている大平さんは私を慰めようとしてか、

「千代女という人はわたしも好かんのよ」といってくれた。なぜ好かんかというと、「わざとらしいから」と大平さんはいった。

「人から優しいエエ人やと思てもらおうとしてからに」

といった。

加賀の千代女にはこういう句もある。

とんぼ釣り今日はどこまで行ったやら

大平さんはこれもわざとらしい、いやらしい俳句や。つくりモンや、といい、私は「なるほど」と思い、大平さんは成績はパッとしないけれど、賢いとこあるなあ、と感心したのであった。

この句については西さんが書いた感想文を、先生がたいそう誉めて讀《よ》み上げた。その感想文は「我が子を思う母の慈愛がよくわかり、胸を打たれました」、普段は小言の多いお母さんだが、心の中では子供のことを気にかけている。しかし子供はそんな有難《ありがた》い母の心をどこまでわかっているだろうか、というようなものだった。

大平さんはこの感想が気に入らず、中学生のお兄ちゃんにメモして来た西さんの感想文を聞かせた。お兄ちゃんはこういったそうである。

「うちのお母《かん》やったら大分ちがうな。うちの子、とんぼ釣るとかいうて出て行ったけれど、何をしてることやら。とんぼ捕らんと、竿《さお》ふり廻して喧嘩してるんやないか。よその家の窓ガラス割ったりしてないかとか、心配してるうちにだんだん腹が立ってくるのがお母の癖や。帰って来るなり、『なにしてたァ、今頃まで』と怒鳴りよる。それが母親の現実や」

それで大平さんと私は俳句を合作した。

とんぼ釣らず竿でけんかや母怒る
お兄ちゃんに見せると「絵空ごとやないとこがよろしい」といって三重丸をつけてくれた。

遠い日の思い出だ。そんなことがもとで私と大平さんはいつか親友になったのである。そして月日が流れ、戦争が始まった。中国との小ぜり合いが英米相手の大戦争になったのだ。そのうち勝っていると思っていた戦争は実は負けいくさであることがわかってきた。アメリカの爆撃機が爆弾を投下する地響の中で、防空壕と称する手製の穴ぼこで息を殺すという日夜になった。「朝顔に釣瓶とられて」とか、「とんぼ釣り……」などの句が優しいもわざとらしいもヘチマもなくなった。とんぼは羽をむしって目玉を取り、胴体を醤油《しょうゆ》に漬けて照り焼きにしたらイケます、という投書が新聞に出たりするようになっていた。いつまでも嫁に行かない女子は挺身隊に強制的に集められて、軍事産業に従事させられるという風評にせき立てられて、若い女は皆結婚を急いだ。

学校友達の中で一番先に嫁いだのは西さんである。夫なる人は海軍士官だったから、時局を思うと若い未亡人になる可能性は大きかったが、西さんはすべてを承知、覚悟は出来ています、といって「軍国の妻」になった。そして結婚して一年と少しで、覚悟通りの身の上になった。その時西さんは弔問に行った人にこういって挨拶したそうである。

「夫はお国のためにお役に立つべく命を捧《ささ》げました。さぞや満足して逝

った と思います」

当時海軍では戦死者の妻はそういって挨拶しなければならないという定めがあったそうである。西さんはその通りに立派に挨拶をして、定め通りに涙一滴こぼさなかったという。

そうして更に月日は流れた。戦争は日本が負けて終った。戦争の最中《さなか》に（挺身隊ばかりでなく、このままでは屈強の若い男は皆死んでこの国に男はいなくなるという風説もあり）大平さんも私も急いで結婚し、どさくさに紛れての結婚であるからうまく行く筈《はず》なくやがて私は離婚し、大平さんは、「あと一年待ったらあんなおっさんと結婚せんでもすんだのにィ」と歎《なげ》くようになった。大平さんは「わたしらは戦争の被災者やよ！」というのが口癖になっていた。彼女は年子で男女とりまぜて四人の子供を産んでいる。それもあの頃、国から「産めよ殖やせよ」と囃《はや》し立てられ、日本の将来のために少国民を産み育てることが日本女性の責務であるといわれて愛国の念に燃えて一所懸命に産んだのだ。愛国者ゆえにわたしは貧乏クジを引いた。頼みもせん戦争を勝手に始めてからにィ……と大平さんはしゃべり出せば終らなくなるのだった。

そんな頃、西さんが亡くなった。肺を病んで実家に戻り、静かに過《す》ごしているという手紙が書いたまま投函せずに机の上に残っていて、その手紙の終りに千代女の句が書かれていたそうだ。

起きて見つ寝て見つ
　蚊帳《かや》の広さかな

「軍国の妻」として気強さを見せていた西さんの、そこで本音が出た、と西さんを知る人々はいい合ったということである。

大平さんはその話を聞いて、いった。

「わたしならこう詠むところやわ。起きて見つ寝て見つ蚊帳の広さのうれしさよ……」

そうしてまた更に月日は流れた。

数日前のことだ。誰か来客が応接間に忘れて行った小冊子に気がつき、拾い読みしていると、「起きて見つ寝て見つ」の文字が目についた。今は懐かしいとしかいえなくなった千代女の例の句である。

　起きて見つ寝て見つ
　　蚊帳の広さかな

それに並んで、

お千代さん蚊帳が広けりゃ入ろうか

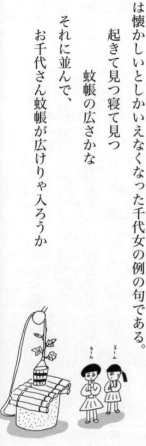

とある。その頁《ページ》は江戸古川柳の特集だったのだ。私はふき出した。すぐにも大平さんにこれを見せたくなった。だが大平さんはもうこの世にはいないのだった。はっきりした話ではないのだが、共通の友達がそんなことをいっていたのを思い出した。私たちはいつかお互いの動静を知りたいとも知らせたいとも思わない関係になっていたのだ。

お千代さん蚊帳が広けりゃ入ろうか

くり返し讀んで私は笑っていた。一人で笑うしかない。一人で泣くばあさんの姿は人の心を打つだろうが、一人笑うばあさんは不気味なものだ。

そう思いつつ笑い、笑いやむとどっと寂寥《せきりょう》が来た。

「ハハーン」のいろいろ

クリスマスが近づいてくると、父は私と姉に、

「サンタクロースに手紙を書かなければね」

というのだった。姉が小学生、私は幼稚園へ行っていたかどうかわからないが、平仮名が書けるようになっていた頃のことだ。

サンタクロースへの手紙というと、クリスマスに欲しいものをお願いする手紙である。私は「おふろのおもちゃをください」と書いた。「おふろのおもちゃ」だけではサンタクロースにはどんなもんかわからへんやろうと姉はいったが、父が「大丈夫、わかる、わかる」といったので、そのままにした。

その頃私は姉が厚紙を貼り合せて作ってくれた10センチ足らずの紙人形を大事にしていて、紙人形のための「お家《うち》」を作ろうとしていた。紙人形用の椅子や机、ベッドや箪笥《たんす》は、少しずつ貰ったり、作ってくれる人がいたりして増えて行ったが、風呂場がなかった。三越のおもちゃ賣《う》り場《ば》に飾ってあった、と姉から聞いて、母にねだると、

「なにいうてる、あんな高いもん」

と母は忽《たちま》ち鬼顔になった。それで私は、「サンタクロースやったら、高いとか安いとかはいわへんやろう」と思い、クリスマスがくるのを待っていたのだ。

だが、クリスマスの朝、枕もとに並んでいる幾つかの包み箱の中にお風呂のおもちゃはなかった。

やっぱり、サンタクロースでもあんまり高いものはムリなのか、と思

いながらふと気がついた。プレゼントが入っているのは白くて浅い大きな箱で、側面に「むさしや」と紺色の平仮名が印刷されている。「むさしや」とは洋服屋の屋号だった。父か母かの洋服がしまわれているのだろう、いつ頃からかいつも箪笥の上に置かれているあの箱だ。

「ハハーン」

と私は思った。

──サンタクロースはほんまはおらんのや……。

それから思った。

──サンタクロースはお母ちゃんやった……。

寝床を並べている姉の方を見ると、まさしく姉のプレゼントはむさしやの箱の、「身」の方に入っていた。

そこへ父がやって来た。

「ややあ」

父は朗らかな大声でいった。

「サンタクロースは来てくれたんだね！」

「うん」

仕方なく私はいった。

「けど、お風呂のおもちゃはなかったよ」

「そうかい、そうかい、でもよかったじゃないか。いろいろ、沢山くれたじゃないか」

「うん」

と私はいっただけだった。

父は私を抱き上げて窓際に近づいて行き、

「さあ、お礼をいいなさい。サンタクロースさん、ありがとうって

「……」

父はどこまでも上機嫌だった。

「さあ、おいい」

「サンタクロースはどこにいてはるの？」

「お空にいるんだよ。あの光ってる青いところだ」

混み合って伸びている庭木の上の方に、ぽっかりと冬の朝の青空が光っていた。そこへ向って仕方なく私はいった。

「サンタクロースさん、ありがとう……」

それ以上、何をいえばいいのかわからなかった。「面映《おもは》ゆい」という言葉をその時知っていたら、そういう気持だといえただろう。「いたたまれない」という言葉も知っていたら、そう思っただろう。

「いやもう、やってられまへんワ、アホらしいて」

大阪で骨董店《こっとう》を開いている、（ハーゲマンと私たちが呼んでいる）叔父《オツ》チャンならそういうところだろう。どうしていいかわからない私は、ただ眞面目《まじめ》に光っている青空を見つめているしかなかった。

覚えているのはそれだけで、その後のクリスマスの記憶は、ふしぎなくらいに何もない。

過去に書いた古い原稿を整理していると、今は三十歳近くなった孫娘が小学生だった時のサンタクロースについてのやりとりが出てきた。

私が孫に向ってサンタクロースはほんとにいるのかな、どう思う？と訊くと、孫はあっさり「いるよ」と答え、なぜそう思うのかというと、「神さまは目に見えないけれど、いらっしゃるでしょう」。だからサンタクロースも見えないけれどいると思うのだ、と説明した。

孫の通った小学校はキリスト教系だったので、この答は不思議ではない。

「そうか、ちゃんと教育されてるんだね」

と感心したのだった。すると孫はこんなことをいった。

「けどこの頃、サンタクロースのプレゼントがだんだん悪くなって行くのよ。ヤスモノになってるの」

今年のプレゼントは何だったのか、訊くと、

「いい匂いのするノリ」だという。

「ノリってあの糊《のり》かい？　紙を貼ったりする……？」

「そうだよ」

「それだけ？」

「それに鋏《はさみ》とか鉛筆とか……でもメインは糊なの。いい匂いがする糊

……」

孫はいった。

「サンタクロースも不景気なんだね」

確かに孫の父親が経営している会社は苦しい年末に直面しているのだった。

「そうかもねえ。みんな不景気だから、サンタクロースだって同じなんだろうね。それでもプレゼントは持って来てくれた。有難《ありがた》いねえ」

そういうと孫は素直に、

「サンタクロースさん、ありがとう」

と空の方を向いていった……。そういう記述である。

それが孫の「ハハーン」なのだった。私が父の腕の中で思った「ハハーン」とは大分違う。私のハハーンは的を射ているが、孫のハハーンは的から少しずれている。

人はこうして、多かれ少なかれハハーン、ハハーンで学習して行くのであろう。ハハーンの中に既に将来のありようの芽が潜んでいる。私は一筋縄ではいかぬ女になった。孫は……？　どうなるか。ただのお人《ひと》好《よ》しになるとしたら……まあ、私のようにならないらしいから私は安心する。

釈然としない話

森喜朗さんの発言が女性蔑視であるとしてこの国の老若男女こぞってその非難の合唱が起っている時、老衰のただ中にいる私はただ呆気《あっけ》にとられているだけだった。その発言とは、

「女性が多いと会議の進行に時間がかかる」

という一言である。

なんでソレが蔑視なのか？　とその時私は思った。それだけである。べつだん詳細を知りたいとは思わなかった。森さんはかねてより失言居士《こじ》として有名なお方である。また森さんが「やらかしたんだね」と思っただけで、その後の記憶がないのはいつものようにそこから居眠りに入

ったからだろう。

その翌日からの新聞、テレビ、寄贈されてくる週刊誌すべて、森発言の批判でもう飽き飽きするほどになった。だが飽きてはいるけれど、ほかにとりたててしなければならぬこともないので、それらを読《よ》むともなく目を通しているうちにいつか仔細がわかって来た。

森さんは東京五輪・パラリンピック組織委員会の会長さんである。それで文科省から女性理事の人数を四割に引き上げることを要請された。しかしかねてから森さんは、「女性が多いと会議の進行に時間がかかる」という思いを抱いていたのであろう。そのため四割に増やせの要請に困惑した。折しも日本オリンピック委員会の評議員会があって森さんはそこで挨拶することになっていた。その時に森さんはつい口をすべらせたのか、意図的にしゃべったか、そこのところはよくわからないが、常々感じていること、「しかし女性が多いと会議の進行に時間がかかるんです」としゃべった。

それが大騒動の発端である。その一言は忽《たちま》ち「女性蔑視」だとして、森さんは集中攻撃を受けることになったのである。メディアは揃って森さんの批判攻撃を始めた。その背後には男女平等、女性の社会進出の獲得を目ざしている女性群が控えている。女性差別の声はあっという間に国中に広がって、国を挙げての袋叩きという様相を呈して来た。

森さんは「女性が多いと会議の進行に時間がかかる」といっただけである。それ以上に女性の存在を否定するようなことをいったのだろうか？　私は思った。森さんの発言は経験を重ねての「実感」であろう。森さんはそう思った。思ったからそういった。いくら時代が変ったからといって、他人が「思った」ことが、自分の考えとは違うからといって文句をいってもいいという常識はないだろう。

森さんは会議で時間がかかるから、女を参加させるのはやめる、とはいっていない。しかし女性のいる会議の時に、「女がしゃべると時間がかかるなァ」と、感じることは何度かあったのかもしれない。その感じ方がいけないと怒られても、実際に感じたものはしょうがない。おいしいと評判のラーメンを、まずいという人がいたからといって、怪《け》しからんと怒ったりは出来ないのと同じである。森さんはそう感じた。せっかちなのかもしれない。立場上、自分本位になっているのかも。そう思ってすませる程度の話ではないのか、これは。

すると森さん叩きに情熱を傾けるさる女性は、

「だ・か・ら、そういう人は政治の世界に入ってはいけないのです！」

と怒った。そうかなあ……しかし森さんは四十年も政治の世界を生き抜き、かつては總理《そうり》を務めそれなりに功績を積んで来た人物である。今になって政治の世界に入ってはいけないと叱られてもなあ……と私は森さんに同情した。

全くなにゆえ、これしきのことがこんな大騒ぎになるのだろう？　怒っているのは女性だけではない。高みの見物かと思っていた男性群もこぞって森発言を非難し、その中にはかねてより私が信頼していた男性評論家の名前まで見えて私はびっくりした。騒ぎは国内だけでなく外国にも流れて外国の識者を呆《あき》れさせたのだそうで、

「これで我が国は国際的信用を失った」

「日本人としてまことに恥ずかしい」

「世界に日本人の低さが発信された」

と、メディアは大眞面目《まじめ》に恥じ入り憤慨している。私は釈然としない

ままにそれを見ていた。

　私は女学校二年生の時に中国との小競り合いが始まって以来、日本の「非常時」の中を生きて来た者である。四年間の中国との戦いが膠着《こうちゃく》していた昭和十六年十二月八日、日本海軍は突如、ハワイ眞珠湾を奇襲攻撃した。中国との戦いが長びくのは、後ろでアメリカが助けているからだ。だからアメリカをやっつけなければ戦争は終らない。そういう理由だった。そして日本海軍の爆撃機は不意打ちをしてアメリカの主力艦隊を叩きつぶし、我が国とアメリカ、イギリスなどとの戦争が始まったのである。奇襲は大成功したので、日本中が勝った勝ったと大騒ぎして喜んだのだったが、その時、ふと私は思った。十九歳の時である。

——勝った勝ったとみな喜んでるけれど、これは、日本の騙し討ちやないのん？　と。

そう思った私は生来、おしゃべりに出来ているものだから、早速友達と映画を見に行く途中の電車の中でいった。

「これって騙し討ちやないのん。向うは何も知らずにスヤスヤ眠ってたんでしょ。そんなん、勝つに決まってるワ」

電車はそう混んではいなかったが、折しも鉄橋を渡るところだったので、そのごう音に負けまいと私は大声を出していった。

すると友達は突然キッとして「シーッ」というように指を口に持って行った。そしてシーシー声でいった。

「アイちゃん、そんなこというたらいかんよ。叱られるよ。憲兵に引っぱられるよ……」

「なんで？」

と私はかまわず大声でいった。

「どこに憲兵がいる？」

「どこって……どこにでもおるんよ、憲兵の服着てなくても、普通の人でも用心せなあかん。いいつけに行きよるからね」

と友達はあくまでシーシー声でいうのだった。

けれど騙し討ちであることは確かだった。正義の戦いというているけれど、ナニが正義や、と私はいつまでもこだわっていた。だが友達にしつこく念を押されたので、誰にも、父にも母にも、姉にもいわなかった。それをいう奴は非国民だ、と友達にいわれると、いえなかった。

今、憲兵はいない。非国民も国賊もいない。国家権力は弱まり、我々は自由平等を与えられた。何をしてもいい。何をいってもいい。自分に正直ならばそれでいい。

そう思って油断をしていたら、いきなり足もとが崩れる危険がそこいら中に潜んでいる。今はそんな時代になったらしい。憲兵はいないが、それよりも厄介なのはしたり顔のメディアが権威（のようなもの）を持つようになっていて、そしてその背後に大衆の津波のような力が控えていて、お互いわかり合った同じ仲間だと思っていると、一瞬にして風向きが変って押し寄せる大波に呑み込まれてしまう。

森さんは辞任した。

そして一か月経った。

私はまだ釈然としない。

森さんのために釈然としないのではない。

この国の知性に対して釈然としないのである。

さようなら、みなさん

書いたのはいつ頃だったか覚えていないが、二〇一四年に文庫として出版され忘れ果てていたエッセイ集が、今頃になってどういう風の吹き廻しか再版され、見本の一冊が送られて来た。

『これでおしまい　我が老後』というタイトルで、お久しぶりというか、はじめましてというか、我ながら新鮮に感じる文章である。

《私が本誌（「オール讀物」）に「我が老後」と題して日常所感を書き始めたのは一九九〇年の夏、「十一月がくれば私は満六十七歳になる」》

という書き出しである。へえ、六十七歳で私はもう「老後」に入った気持だったのだな、六十七歳なんて女盛りとはいえないまでも人間盛りだったのに。そう思いながら先を読《よ》む。

《その後、「なんでこうなるの」を二年書き、「だからこうなるの」になり、「そして、こうなった」に到った時は二〇〇〇年で、この時、「にくまれる婆ァとなりて喜寿の菊」という句を詠んで七十七歳だった》

とつづき、

《そこで終るつもりだったのが、「それからどうなる」とつづき、一年後に「まだ生きている」に突入。どこまでつづくぬかるみぞ、という趣になりそうなので、断乎、ここでやめた。この時八十二歳。およそ十六年書いたわけで、ずいぶん長い「老後」である》

そう書いてから三年経って、また書き出している。

《老後はなかなか終らない。無為のままだらだらとつづいている。それで「これでおしまい」とケリをつけたくなってきた。

——これでおしまい。

これを私の最期の言葉として遺《のこ》したい。ゲーテは「もっと光を」といったそうだが、「これでおしまい」の方がさっぱりしていてよいではないか？　「もっと光を」はどうも未練がましくていけない。

「これでおしまい——」

そういってさっぱり死んでいければこれ以上のめでたい完結はないが、いつまでもいつまでもこれでおしまい……これでおしまい、といいつづけ、

「いつおしまいになるんでしょう？」

と心配されるようなことにだけはなりたくないと思いつつ……》

後の言葉はなく、文章はそこで終っている。

それから何年経ったのか、勘定するのも面倒《めんど》くさい。はっきりしているのは秋が来たら九十八になるということだけだ。

「八十二歳、ずいぶん長い老後である」

と書いた時から十五年経っている。

そろそろ私のもの書き人生も終りに近いな、とこの頃、頻《しき》りに思うようになった。視力、聴力、脚力、腕力、とみに衰えて、元気なのはよくしゃべる口だけだ。一番ひどいのは脳《のう》ミソで、グダグダに伸びてたるんで色褪《あ》せた脳細胞が目に見えるようだ。そこから絞り出されてくる文章を、翌日讀み返すとどうにも我慢出来ないお粗末さで、思わず原稿用紙をべりべりと剥《は》がし、丸めて捨てる。新しく書き直す。翌日讀む。べりべり……そのくり返しで毎日が過ぎて行く。丸めた反古《ほご》原稿は部屋中に散乱している。あせってくると丸める間も惜しんで、そのまま空中に飛ばす。床は足の踏み場もない。百枚綴《つづり》の原稿用紙はみるみる減って行く。紀伊國屋特製の高級原稿用紙だ。もう五十年以上も使っている我が作家人生の伴侶である。

その大切な伴侶を丸めて投げつけたり、空中にほうり上げたりすると は、それほどの絶望ということになるのだが、そこまで私は落ちぶれたのだと思えば力が抜け、力が抜ければ文章の力も抜けてくる。

書斎の惨状を見て、孫はさすがに神妙にいった。

「おばあちゃん、もう書くのをやめれば……?」

「うん」

と私はいう。ほかに言葉がない。暫《しば》くして、

「そうするか……」

といった。それは孫の心配への挨拶みたいなものであるから、そういいながら孫がいなくなると、さっきのつづきを考えているのだった。

私の落ちつかない気持を察したのか、娘はかねてより信頼している夕ロット占いの名手に私の近況を説明して、今は断筆する時が来ているのか、それとも頑張っていれば力は回復してくるのだろうかと相談した。すると名手はこういわれたそうだ。

「書くのをやめたらこの人は死にます」

そう聞いて私は考えた。秋には私は九十八歳である。書くのをやめてもやめなくても、どっちにしても死が近いことは誰だってわかる話だ。なにも驚くことはない。心身の衰弱がそれを教えている。そう思っただけだった。そして相変らず粗末な朝晝《あさひる》兼帯の食事をすませると、書斎に入って万年筆を握り原稿用紙に向っていた。

それから何日かして、滅法《めっぽう》上天気の、私のような出不精者でも久しぶりに外へ出てみようかと思うほど春らんまんという趣の日が来て、私は買物に行くという娘について家を出た。暫くそぞろ歩きをしていると馴染みのないガラス戸が見え、ガラス扉に大きく医院の名が書かれている。こんなところに新しいお医者さんが、といいながら、ガラス越しに中を覗くと、広い待合室らしいが、人影のない空間を越えた向う正面にカウンターがあって、そこからこちらを向いている若い女性と目が合った。

「ご診察ですか？」

といったように口が動いたので、逃げるわけにも行かず仕方なく入って行くと、すぐに診察室へ通された。お医者さんは眼鏡をかけてにこにこと親しみ易い雰囲気の中年男性であった。とりたてて痛いの苦しいのと訴えることもないので、（まさか「行きがかりでここにいる」、というわけにもいかず）最近感じている身体の衰弱についてしゃべったついでに、実は私は九十七歳でまだ仕事をしている。その仕事とはいわゆる「もの書き稼業」だが、この頃、それが辛《つら》くなって来たので毎日やめようか、どうしようと思いあぐねている、とつけ加えた。すると先生は朗らかな元気のいい声で、打てば響くようにいわれた。

「ダメです！　書くのをやめたら死にます！」

あっ！　と私は心に叫んだ。これで二度目だ。書くのをやめたら死にます……しかし私は別に驚きもせず、失礼な、とも思わなかった。ちょっと呆気《あっけ》にとられたが、先生の率直さが好もしく面白かった。この人を主治医にしたいような気持だった。

昔、木村のジイヤンと呼ばれている生命保険の勧誘員がいた。むやみに礼儀正しい人で、かしこまりながら保険の加入を勧《すす》めるのがやたらにしつこい。気の短い私は必ず機嫌が悪くなったものだ。

「それについてはでございますね。あのう奥さまが、でございますよ、奥さまが……そのう、お空高く……天上界へ（と人差し指を立てて上に上げ）お戻りになりました時……」

何ィ？　つまり、「死んだ時」といいたいのだろう。それならそうと手っとり早く「死んだ時」といえばいいじゃないか。なに？　天上界へお戻りに？　チッ！　面倒くさい！

「つまり私が死んだ時、ですね？」

と私はつっけんどんに訂正する。

「ハイ、天上界へ召されました時でございます」

と相手はあくまで「天上界」に固執しているのだった。

「死」という言葉は、声をひそめていわねばならないような不吉な言葉であると決め込んでいて、

「とうとう……」

死にました、という言葉は咽喉に押し込んで、あとは目で語るという芸をやらなければならなかった時代は長い。死は明るみに出してはいけない忌むべき言葉だったのだ。

それが今は陽の当る場所に軽々《かるがる》と出て来た。それが面白かった。

「書くのをやめたら死にます」

こう朗らかにキッパリいわれると、「死にます」といわれた当人も、

「そうなんですか、なるほどね」とついあっさり頷《うなず》いてしまう。それを

見て先生は自信を強めたか、「辛くても苦しくても書きつづけて下さい」力をこめていい切られた。

でも、と私は気をとり直し、私はろくでもないものしか書けなくなっているんです。書いたものを読み返すと、ああダメだ、と思ってしまい、新しく書き始め、読み返すとまたダメだ、と思ってしまうんです。一心に説明したが、先生は、ダメでもいいから書くんです。書くことが大切なんです。あなたはダメだと思っていても読む人はそう思わないかもしれない。発表したくなければ出さなければいい。書くことが大事なんで、見せることが問題ではないんです。ノートでもメモ用紙にでも、思ったことを書く。頭に浮かんだことを書く。それだけでいいんです……と熱弁は終らない。終らなければ帰れない。

仕方なく私は「わかりました」といって、その印として深くお辞儀をして立ち上ったのだった。

帰る道みち考えた。

しかし、死なないために無理やり書くというのも情けない話だ。佐藤愛子は書くのをやめたら死ぬといわれて怖気《おじけ》づき、白髪頭ふり立てて無理やり書いている。あいつでもやっぱり死ぬのが怖いのだ、ということになっては雑文家佐藤愛子のホコリが許さぬ。先祖に対して申しわけが立たぬ。

その夜、私は決心し、娘と孫に断筆することを宣言した。

「女性セブンに断筆宣言をして、それでおしまいにすることに決めたよ！」

孫は「よかったねえ」といい、娘は疑わしげに「ふーん」といっただけである。

「書くのをやめたら死ぬって……あのお医者さんにいわれたんじゃなかったの？」

と孫。

「だからね、ホントに死ぬかどうか験《ため》してみるんだよ。もし死んだら、あの世で『当りィ……』といって太鼓を叩くからね」

「射的屋のおねえちゃんみたいに？」

「うん。そうして仏壇の鐘をチーンと鳴らす」

かくして私はここに筆を擱《お》きます。見渡せば部屋は床一面の反古の山。これからかき集めて、メモ用紙を作ります。それで終りです。

みなさん、さようなら。ご機嫌よう。ご挨拶して罷《まか》り去ります。

二〇二一年　庭の桜散り敷く日

佐藤愛子

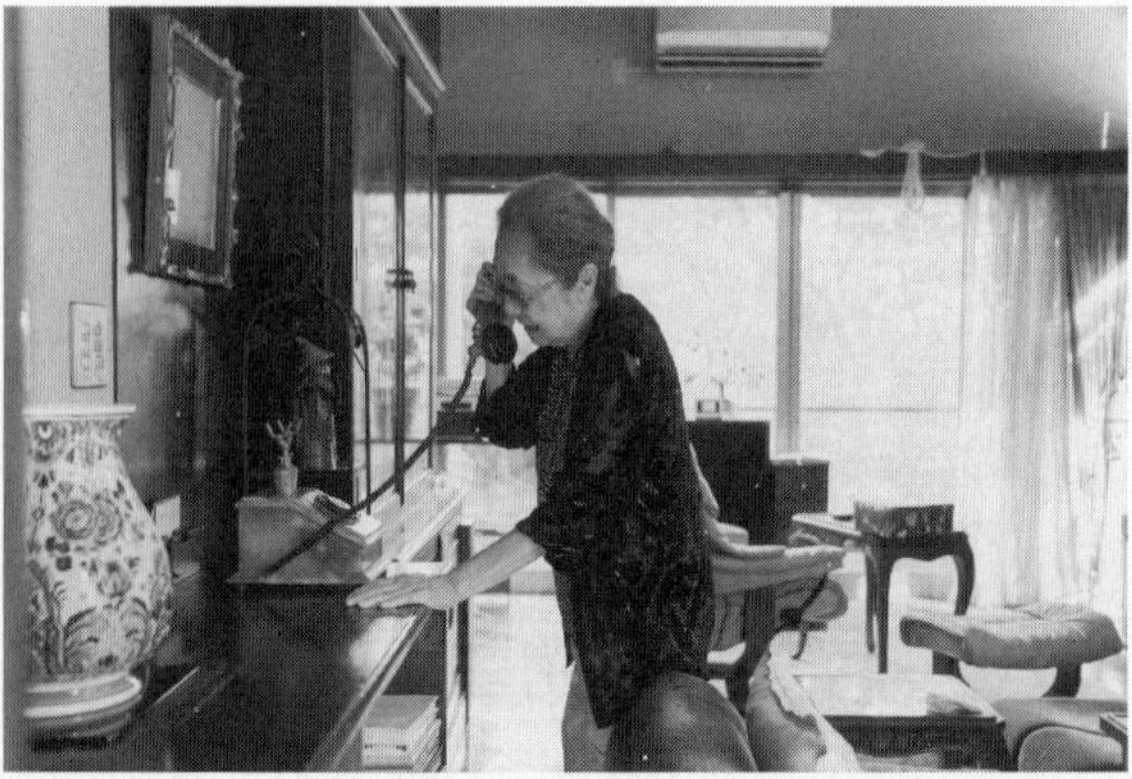

「はい、佐藤でございます」と自ら電話に応対

単行本未収録集

綿矢りさ×佐藤愛子「文学修行の今昔」

現代社会のことからあの世のことまで

真面目な人はどうもニガテ

佐藤　綿矢さんの『蹴りたい背中』を読んだときは、びっくりしました。私は物忘れするし、他の世界のことには関心を払わないほうだから、人の小説もあまり読まないんですけど、あなたのあれだけは、感心して繰り返し繰り返し読みましたね。我々にはわからないああいう感覚が、どこから出てくるんだろう、どんな人だろうとよく思っていました。こんなきれいなお嬢さんとは。

綿矢　私はかねてから佐藤愛子さんにお目にかかりたかったので、今日は夢のようです。作品やインタビューを拝読させていただくなかで、パワフルな、それでいて温かい、幅広い世代に届く言葉に圧倒されました。うかがいたいことがたくさんあります。

佐藤　こういった天才とは、私のような野人とはどうも……。

綿矢　めっそうもないです。

　ご本のなかで、ほんとにたくさんの小説家や友人の方々についてお書きになっています。まずはご友人についてうかがいたいと思います。

佐藤　私はたくさんの方と交友があるほうじゃないんですけど、つき合っている人とは、わりと深いんです。みんな悪友ですからね。真面目な人は私はどうもニガテでね。

綿矢　エッセイによく電話の描写が出てきて、お友達とのすごく楽しそうな、生き生きした会話が書かれていて、仲のいいご様子が伝わってきます。遠藤周作先生や色川武大先生がたびたび登場なさいます。小説はひとりで書くものだと思いますが、小説を書く仲間というのは、佐藤先生にとってどういう存在だったのでしょうか。

佐藤　私は売れない期間が長くて。何年ぐらい認められない小説を書いてい

対談は 2019 年 6 月に行われました。撮影／中野義樹

たかしら、昭和二十五年から始めたわけです、戦争に負けて五年、まだ日本の産業は復興していないし、兵隊服のぼろぼろになったのを着て、兵隊靴を履いて歩いている失業者が珍しくなかった時代です。楽しいことなんて何もないわけですよ。復興していないから仕事もない。しかも二十の時に結婚した相手が軍隊から戻って来たら麻薬中毒になってて、いろいろあって別れたんですよ。一人で生きていくことになったんだけど、できることが何もないぐうたらでね。「しょうがないから小説書くか」という気持ちになってね。けど文学的素養なんて何もない。何も知らない。小説なんてお話を書けばいいくらいに思ってたんですよ。せっせとへたな小説を書いては雑誌社へ持っていく。編集者が暇な時にそれを読んで、こいつ、ちょっと面白いじゃないかと思ったら名指しで依頼が来るかもしれないというのが、唯一の希望でね。

そんなことを何年もやっていると健全な生活をしている身内や周りの人はあの出戻りは何をやっているんだということになる。今はなくなったけど出戻りという言い方があってね。離婚は女の恥だったんですよ。おまけに小説なんて役に立たない非生産的なことを毎日やってるのも、「マトモでない」と思われていた時代だから、そのときの友達は、友達というより仲間というか、分身みたいな感じになっちゃうんですよね。

綿矢 今は作家同士友達になるとしても、どこかの新人賞をとって、世に出た後で知り合うという感じです。

佐藤 じゃあ全然違いますね。今は各社に新人賞がありますけど当時はそんなものはどこにもなくて、芥川賞と直木賞だけなんですから。我々はそんな賞を狙うようなレベルじゃない、ただ活字になればいい、それだけが望みでしたね。

例えば、当時大流行作家だった丹波文雄さんは太っ腹な方で、『文学者』という同人雑誌をつくって、そこで河野多恵子さんや瀬戸内寂聴さんや津村節子さんが育って世に出ていきました。

他に『文藝首都』、慶應の学生がやっていた『三田文學』、『早稲田文學』とか、東大系は『赤門文学』など、同人雑誌の花ざかりでした。といっても売れないもの書きの集まりで、金は出すばかりで一文も入らない。

私が参加していた『文藝首都』には、学歴も何もなくてもここなら入れてもらえるだろうという感じの連中が集まっていました。保高《やすたか》徳蔵という無類の酒好きで好人物の、かつて改造賞を受賞したけれど、その後、自分は書かないで〝新人養成〟に目的を変えた方が主宰していて、やっぱり貧乏でした。年中紙屋と印刷屋に借金してました。当時は世の中全体が借金なんて当たり前の時代で、半年とか一年とか、平気で払わない。

でも、いよいよ印刷屋に、「これ以上はいくら何でもひどいんじゃないか」と言われると、野村胡堂さんとかいわゆる流行大衆作家の所へ、「新人養成のため」といって寄付金を仰ぐことを保高先生が考え出して、私はそういう手紙を持って、いつも作家のところへお使いに行かされていた（笑）。

綿矢　身近なところからスポンサーを募っていたんですね。お金を頑張って集めて作っていた。

佐藤　だいたい五千円でしたね。そのころの五千円は相当に価値があったけど税金も安かったし、当時の流行作家は大金持ちだったんです。だから、鷹揚なものでしたよ。行けば嫌な顔せずに、出してくれました。新人のため、というのが大義名分でね。

綿矢 そういうふうに、お互いの作品を論じ合うために集まることは、私が知らないだけかもしれませんが、今はあまり盛んではないようですね。

佐藤 だって新人賞があるから、みんなそれに応募して出てくるわけでしょう。仲間は要らないわけですよ。

綿矢 応募した賞を主催する出版社に引き抜かれるような感じで、ぽつぽつデビューしていく。そして共通のお仕事の場や誰かの授賞式で会って知り合うみたいな感じです。

佐藤先生の時代は、もしかしたらちょっと違うかもしれないんですけど、大学のサークル仲間が、いつまでも同じ仕事で活躍しているような感じでしょうか。自分の作品についてきついことを言われたりすると、「言ったな」と思うでしょうけど、すごく鍛えられそうですよね。

佐藤　いえ、のらくらしていたという一言に尽きますよ。ほんとに非生産的な日々を送っていた。よくうちの母は我慢してくれたと思う。考えたら他に何もしない。できない。する気がない。ただ売れない小説をせっせと書いて、それをけなされても平気でしたねえ。他にできることがある人はいつとはなしに諦めて、学校の先生になったりしていました。

悪口のパワーは元気の源？

佐藤　文学を志す前、私、一度結婚していましたでしょう、戦争中だから、いいかげんな結婚をしていたわけですよ。しゅうとめは別に悪い人ではなかったですが、私は悪口を言うのが好きだから、手紙にしゅうとめの悪口をいっぱい書いて、父（小説家の佐藤紅緑）に送っていたんです。そうしたら、父が喜んで。うちの家族は心配するよりも、面白がる。「こういうばあさんって、いるよな」って。それで、愛子は嫁になんかやるよりも、物書きにしたら一人前になったかもしれないなんて、母によく言っていたそうです。小説はひとりで書けばいいわけだから、協調性がなくたってできる。他にできることは何もないし、だから書いたらどうかって、母が言い出した。その程度なんですよ。

綿矢　面白い手紙を書くのって、すごく難しい。お読みになってお父さまは驚かれたんじゃないかと思います。手紙で人を笑わせるって、すごい才能だと思います。

佐藤　私は悪口を書いたんです。その悪口が面白かったのね（笑）。

綿矢　佐藤先生のエッセイを読んでいても、悪口の威勢がいい。章の題名で「いちいちうるせえ」というのがあったと思うのですが、読んだ瞬間に爆笑しました。檄を飛ばしておられる文章を読んだら、こんなにストレスが減るのかと体感しました。佐藤先生がお怒りになればなるほど、こっちはスカッとしてくる。佐藤先生の悪口のパワーは元気の源だなと。

佐藤　人間が活写されているので、いわゆる嫁の愚痴になっていないところがいいと言われたような気がします。

綿矢　恨みつらみだと、読んでいると気が滅入ってくるんですけど、佐藤先生の書く悪口というか人物批判は、冷静な部分と情熱の部分がいい感じに織り交ぜられているから、読んでいると「そうだ、そうだ！」となる。頑張れよとか、元気になってね、という言葉よりも、違う形で生きるパワーをもらえる。

佐藤　それは読む人にもよるでしょう。

綿矢　読むと力が湧く人が多いからこそ、日本中の読者が、佐藤先生の書かれたものを今でもすごく楽しみに待っているのだと思います。危機に面したときの佐藤先生が小説の中でもエッセイでも、堂々と立ち向かう姿勢に元気をもらう。パンチされても、怒りながらすぐに立ち直る。読んでいると、そういう生き方があるんだなと知ることができる。でも、勇気がないとできないことですね。

佐藤　いや、勇気じゃないんですね。おっちょこちょいなんですよ。好奇心というかね。ひどくやられても、相手のことを、「こいつ、どんな人間だろう」と思っちゃう。これが作家になれた要素かも。

綿矢　つらい経験をすると、一旦持ち帰って、生き方を変える人のほうが多いですが。

佐藤　それが常識的な生き方ですよね。

綿矢　でも、そうしているとどんどん狭いところに追い詰められていく。経験して学んで、もう二度とそんな目に遭わないように自分の行動を制限していると、したいことがだんだんできなくなってしまう。そうなると、生きづらくなる。それで悩んでいる人も多いと思います。そういう人が佐藤先生の本を読んだら、こんなふうに挑戦して、自分にもともと宿っている力を爆発させることで解決できることもあるんだ、と伝わる気がします。

佐藤　いや伝わらないんですよ。変な人だなと思うんです。私たちにはあんなことできっこないわと。だから変な動物というか、変な虫がいるという、そういう感じなんじゃないかと思いますよ。好奇心ですね。

綿矢　いえ、視野が広がる感じは絶対にあると思います。

佐藤　そうですかね。それだったら嬉しいけど。

文学修行のころ

佐藤　私は純文学と大衆小説の区別さえも知らないような人間だった。小説を書くことを簡単に考えているところがありましたね。けれど、あまりに何も知らないので、とにかく本を読むところから始めなければならないと思って、古本屋へ行っては本を買ってきて、まずロシア文学、ドストエフスキー、チェーホフ、ツルゲーネフ、トルストイとかね、それからイギリス文学に移るとか。わかってもわからなくても、ただムキになって、読みました。
一番最初に感心したのは井伏鱒二さんなんです。そして井伏さんのものばっかり読んでいるうちに、井伏さんの文体を真似して書くようになったの。もちろん私の資質と井伏鱒二の資質は全然違うから、妙なものになるわけですよ。作為的な、わざとらしいような。そして、あるとき太宰のごく初期のものを読んでいると、あの人も井伏さんの弟子でしょう、だから、真似して書いているのがあるの。ひどい小説だった。これは真似したんじゃだめだと思いました。でも先生もいないし、そのころはまだ『文藝首都』という同人雑誌も知らなかったので、真似する以外に方法がなかったのね。

井伏さんの次に傾倒したのが三島由紀夫。『愛の渇き』を読んで、三島の文体を真似して書いた(笑)。井伏さんと三島さんは全然違うのに。それから、今度はヘミングウェイ。

綿矢 ヘミングウェイは簡潔な文章が格好いいです。いちいち説明しすぎないで、暴力や哀愁を鋭く伝える。

佐藤 ものすごく傾倒したの。真似するというより、自然にそうなっちゃうのよね、自分というものがないから。そして最後はヴァージニア・ウルフかな。そういうことをしているうちに、いろんな文体がゴチャマゼになって佐藤愛子の文体ができていった。

綿矢 佐藤先生の小説を読んでいると、一人一人のキャラクターというか、気性みたいなのが正確に書かれていて、人物像がすごく伝わってきます。

佐藤　それは私の描写力じゃなくて、私の家族に物書きがいて、不良の集まりでもあったからでしょう。妙な家でした。サトウハチローも不良少年の代表みたいな人だったし、それからあと三人兄がいたけど、みんな変な人で。だいたい父がおかしい。人の機微をついて悪口を言うのが家風だったの（笑）。そこで養われたのね、人間を見る目が。

綿矢　英才教育ですね。

佐藤　年季が入っているのよ。子供のときから聞いて育っているから。

綿矢　短編『ひとりぽっちの女史』にこんな描写があります。借金取りに来た人が髪の毛が薄くて、「ヒヨコのニコ毛のような柔らかそうなねずみ色の毛がポヤポヤと一面に生えて」いて、初めはしおらしく、お金を取り立てなければならないのは、ぼくもつらいんですが、「女房がオニのようになっていまして」と言う。けれど、自分に電話がかかってきたので席を外して戻ってきたら、「さっきまでの哀れさは消え、じわじわと根が生えたような図々しい感じがその弱々しげな身体に漂って」いると。

自分がちょっと席を外した間に、相手がもう一回持ち直してくることとって、きっとあるなって。その人の奥にあるものまで目に浮かびます。

佐藤　でもそれは、あなたの小説もそうよ、ほんとに。

綿矢　私は人の核を見つけるのが苦手で、その人がどういう人か見抜く目があんまりないから、勉強になるなと思いながら読みました。

でも子供のころから見てきたことがあってこそ出てくるもので、一朝一夕にわかることではないのですね。お金が絡むと、あんなに人ってバラエティーに富むのか、平和なときには見えない個性が出てくるものなんだなと思います。極限の状態に直面した人がさまざまにその人らしさで動くところを読んでいると、まさに人間模様だなと。

佐藤　綿矢さんは、小説の上での先生というのはいらっしゃる？　実際に批評してくれたり、教えてくれたり。

綿矢　いないです。

佐藤　私はまず仲間に詩人の吉田一穂《いっすい》という人のところへ連れていかれた。

開口一番、「女には小説は書けねえよ」と言われました。なぜならいつも女は自分を正しいと思っているからと。

綿矢　その吉田先生との出会いについてお書きになっている文章も拝読しましたが、佐藤先生がその言葉に怒るんじゃなくて、そうなんだ、と受け止めておられたのが印象的でした。

佐藤　あのころはまだ、女性作家といっても吉田先生のおっしゃるように、自分が正しいと思う視点からしか書いていない作家が多かったんですよ。吉田先生に言われて、「客観性」という言葉が頭から離れなくなりました。とても面白い人でしたけれど、詩人だから小説には無関心で。

その後、北原武夫さんのところへ行くようになって、北原さんに文章を手取り足取り教えていただいた。そのときに、佐藤さんは文体がないからだめだとよく言われました。私は当時文体というのがわからなかったんですが、今になって、ああ、こういうことをおっしゃっていたんだなと思うようになりました。「文は人なり」ということですよね。

綿矢さんの作品は北原さんが生きていらしたら激賞されると思う。ほんとにあなたの文体は独特ですね。あれは自然に出てくるの？

綿矢　太宰がすごく好きだったので、初めはそのリズムを真似していたというところはあります。

佐藤　でも、影はないですね。

綿矢　年月を経て自分が楽観的になるにつれ、ちょっとずつ薄まったかもしれません。でも「私は」で始まる文章を書くときは、常に太宰の影響みたいなのがあると思います。

佐藤　でも、太宰の文体というのは、立ちどまって考えるんじゃなくて、たらたらたらたら出てくる感じでしょう？　あなたもそうですか。

綿矢　私のも情動に任せてというか、感情第一主義みたいな文章ではあるかなと自分では思います。でも、三島由紀夫もヘミングウェイもすごく好きで、硬質な文体には憧れます。

佐藤　私は一時、風景描写と会話だけで書いて読者がわかるような小説を書きたいなんて、つまらないことを考えてね、一切説明抜きで書こうとした。でもそのときがどん底でした。周りの人間に、「何やってんだ、やめろ」と言われたけれど、そう書きたいと思うときはだめなのね、とことんまで行かないと。でも、そこを抜け出てから、ちょっと書けるようになったんです。そこを突き抜けるのがすごく難しかった。

綿矢 ヘミングウェイの、酒場での会話と酒の名前だけで話が進んでいく小説なんかすごく格好いいですね。

佐藤 私は『白い象のような山並み』という小説にあこがれて。短い小説だけど主に男と女の会話だけで、ふたりのかつての関係ときっと別れに向かう、みたいなことが見事に伝わる。こういうのを書ければと。

綿矢 さきほどの先生の短編の中に、主人公が夫のせいで借金を抱えて、がむしゃらにやってきた仕事もうまく運ばなくなり始めたとき「いつか庭には夏が訪れて来ていて、誰も手入れをせぬままに、隣の子供が植えて行った日まわりが、雑草の中からニョッキリと一本、伸びていた」という表現がありました。そこには説明が全くなかったんですが、いよいよせっぱ詰まってきているけれど、自然は荒々しく育っているというのが伝わってきて、あの描写は本当に好きでした。説明はないけれど、すごく印象に残っています。

佐藤　わあ、嬉しい。書いた本人はとっくに忘れているけど嬉しいわ、そんなふうに読んでいただいて。

綿矢　気のいい夫の会社が倒産して大変な状況のときに、家に遊びに来た友達にお菓子を振る舞い、「本だってメダルだって、何だってあげちまう」自分の子供に向かって、「今からそんな風じゃあ……」って怒る。すると子供が「パパみたいになるっていいたいんでしょう（……）ママは何でも悪いことはパパ、いいことは自分に似てるっていうの」と言い返されるシーンがあります。大変な状況でも、子供はこれだけ元気に意思表示する。

佐藤　あまり考えないで書いているところがいいわけですね。やっぱり文章というのは、そんなものかもしれないわね。考えに考え抜いて、ここで一発わからせたいなんて思ったら、案外できなくて、書き損じがいっぱいできる。

うちは原稿用紙を無駄にしないんですよ。裏返して揚げたててんぷらの敷紙にしたり。

綿矢　初めて聞く再利用の方法です（笑）。よく油を吸い取りそうですね。

佐藤　父が仕事していたころは、私が父の原稿用紙の裏に落書きしていた。私の原稿用紙の裏には娘が算数の計算を書いたり、孫まで絵を描いたりしてました。

昔の人はみんなに迷惑かけて生きていた

綿矢　エッセイ『それでもこの世は悪くなかった』に「苦しいことが来た時にそこから逃げようと思うと、もっと苦しくなる」と書いてらっしゃいます。ストレスに対してどう向き合うかということだと思うのですが、そのことについてもうかがいたいと思います。

佐藤　ストレスというのが、私、よくわからないんですよ。みんな簡単にストレス、ストレスと言うけど、どんなことですか。

ものかな。

綿矢　例えば、物事がうまくいかないときのプレッシャーとか、嫌なことを言われたりされたり、自分が攻撃を受けていると感じるときの重荷みたいなものかな。

佐藤　私は人にストレスを与える方でね。ストレスはないんです。生来の我儘者で遠慮会釈なく言いたいことを言って人にストレスを与えている。それをやめたいけれども、やめない。やめられない。その呵責をたえず感じているけれど、でもこれはストレスとは言えないんでしょう？

綿矢　元気なタイプのストレスですね！（笑）

佐藤　被害者意識というのは、よくわからないですね。私、加害者意識があるんです。困らせているなと思いながら人を困らせる。何かの神経が一本、欠落しているのね。すぐにヤケクソになるんですよ。「まあええわ、したいようにしよう」って。だから、みんなヤケクソになりゃいいんですよ。ヤケクソになれば、ストレスなんて飛んでいく。

綿矢　キレるのとは違いますよね。キレて、最近は相手を突然刺したりする人もいるけど、そういうのとは違って、ヤケクソのほうがもっと自分自身と向き合って、自分のパワーで打開していく感じがある。世間が悪い、相手が悪いというのとは違う。

佐藤　昔の言葉で言うと、ストレスはどんな日本語に当たりますか。

綿矢　圧力の他に精神的緊張という意味もあるようです。あまりにも普通に使っているから、ほんとに昔からある概念のような気がしたけど、確かに、ストレスという言葉をよく使うようになったせいで、逆にストレスを意識するようになった可能性もありますね。

佐藤　けど、何でそんなに精神的に緊張をするんだろう。どういうときに？　自分の思ったように事が運ばないとき？　現代人は我慢に馴れてないのね。戦争中なんか、国民全員ストレスがすごかったでしょうね。でもそんな言葉がなかったから、ただブツブツ不平を言って我慢してたのね。

綿矢　『九十歳。何がめでたい』で「(便利さばかり求めるのではなく、)進歩が必要だとしたら、それは人間の精神力である」とお書きになっていましたが、精神の修行をするに当たって、何に気をつければいいのでしょう。

佐藤 お聞きになっていることと、ちょっと方向が違うかもしれないけど、今ひょいと頭に浮かんだのは、このごろ家庭の主婦が、夫がどれだけ家事を手伝ってくれるかということを言うでしょう。時間や家庭のために自分の出している労力をはかって、比較して怒ったりしている。ああいう発想が私は不思議なんですよ。それだったら、家庭の意味がないいんじゃないかと思うのよ。

何も、家事は手抜きせずに完璧にやらなきゃいけない、ということはない。洗濯物がたまったからって、死ぬわけじゃない。したくなきゃ、ためときゃいいんですよ。それをしなきゃならないという強迫観念みたいなものがある。そうすると、自分じゃ手が回らないから、夫がしないことに腹が立ってきて、家事を平等にというふうになる。それは会社で、「私はあの人よりたくさん仕事しているのにいつまでも出世しない」と怒るのと同じ発想でしょ？

綿矢 女性も働く人が多くなったから、労力と時間はお金に換算されるもの、という気持ちになるのかもしれないですね。それで、例えば家で何かをしてもチームワークとして、仲間として夫婦や家族で頑張っていかなきゃいけないことなのに、つい職場の価値観で、こっちはこれだけやったのにあなたはこれだけしかしていないとか、頑張っても評価されないとか感じてしまう。何もしない、家庭を維持する気のない男性は、問題外だとは思いますが、細かな時間や労力のことを家庭で気にすると、それこそまたストレスのもとになると、今、お話をうかがって思いました。

佐藤　みんな完璧を求めるようになったんじゃない？

綿矢　きれいな家、片づいた部屋、手づくりの料理、そういう理想像が具体化できる時代、そこを目指すのが当たり前になってきたから、そこから外れると罪悪感みたいなのが生まれる。確かに、部屋がどれだけ汚くても、食べるものがあって、普通に寝られて暮らせればいいのに、現代の理想から遠ざかると、すごく不安になるんだと思います。

佐藤　犬のお散歩をしたときに、うんちはいいとしても、このごろ犬のおしっこまで始末するでしょう。みんな瓶を持って、お水を入れていて、それを犬のおしっこの跡にかける。そうしない人がいてもいいと思うんだけど、そうしないと悪者を見るみたいな目で見られる感じがあって。

綿矢　窮屈さを感じますね。

佐藤　こんな豊かでなくて、昔の貧乏な日本のときのほうがよかったと思うことがあります。自由だった。今はほんとに自由がないわ。

綿矢　子供は泣き叫ぶものと書いてらっしゃいます。私の子供はまだ小さくて、よく泣いたり走り回ったりするので、電車に乗るとすごく気を遣います。でも、佐藤先生のお言葉を読んで、昔はもっと大らかで、子供のうるさいところが許されていたんだなと安心し、気が楽になりました。

佐藤　昔の人はふてぶてしく、みんなに迷惑かけて生きていたんですよ。泣き叫ぶ子供を静かにするには殺すしかないんだから、それは誰もがわかっていることなんだから、電車の中の人に我慢してもらうしかない。そうひらきなおるしかない、そういう力を持てと、私は言いたい。

迷って生きるのが人生

佐藤　『生《き》のみ生《き》のままで』は連載？　書きおろし？

綿矢　ほとんど書きおろしです。二回掲載、前編と後編とに分けました。

佐藤　あれは率直に、終わりのほう、ちょっと苦しまれたんじゃない？

綿矢　初めのほうだけを考えて作っていったので、最後どうしようか迷いました。

佐藤　いや、とにかく一息に読みました。

綿矢　ありがとうございます。

私は先生のエッセイもすごく好きで、特に冥界について書かれたのを読んだとき、もとから興味があったのもあって夢中になりました。

佐藤　霊魂なんか信じない人のほうが多いのに、綿矢さんはお信じになるわけですね。何か経験なさったことはあるんですか。

綿矢　私は経験していないのですが、親戚に頭を打って昏睡状態になった人がいて、その場合、魂はどこにいるのかというのを考えた時期がありました。それで、ご著書にも書かれていたチベット仏教の『死者の書』を読んだり、臨死体験のことについて調べたりするようになって、冥界というものがあるんじゃないかなと思い始めました。先生の書かれているものを読むと、すごく理解が深まります。

佐藤　私はいろんなことを経験しました。といって、私が霊体質であるということじゃないんですよ。だから、幽霊が見えるとか、そういうことを経験したことはないけど、何だかいろんな目に遭うんですよね。で、一体これは何なんだろうと思って、少しずつ知識が入ってきたという感じです。

こういうことは目に見えないし、証拠のないことだから、私が経験から得た結論が、正しいとは言えません。すぐれた霊能者と言われている人でも、その方のおっしゃることが正しいかどうか、論証ができない。何しろ証拠のない話なんだから。そういうことに、構わずに物を言うというのは、蛮勇がないとできないですよ。でも信じないとしたら、この現象は何なんだということになるでしょう？　答えが見つからないから、やっぱりこれは霊魂のしわざと思うしかない。大抵の人は、気のせいだとおっしゃいます。経験したことのない人は、やれ気のせいだとか何とか、簡単に答えを見つけてそれで決めて、あとは忘れちゃうのね。

綿矢　身の回りに不思議なことが起こっていても、こういうことだろうって決めつけてしまうから、かえって気づかないことが多いのかもしれません。

佐藤　私もそれが一回ぐらいで済めばそうできたけれど、常識じゃ考えられないことが次々に起こるもんだから無視できなくなって……。全ての人が経験してくれればいいんだけれども。

綿矢　見えないけど起きる。

佐藤　それまでは霊魂のことなんか頭に浮かべたこともなかったです。だから、対処方法がわかるまではつらい思いをしました。

綿矢　ご自身にもそうだし、ゆかりのある方々にも不思議なことが起こるというのが、読んでいてすごく興味深かったです。私は霊にすごく興味があるけど、全く霊感のないタイプの人間で、周りにもそういう人がいないので、こんな不思議なことが佐藤先生や佐藤先生の周りの方に起こるというのは、あっちからのコンタクトがすごいのかなと思います。

佐藤 北海道の別荘で不思議なことがたくさん起きました。そのときは、あそこで成仏できない魂の集団がいるということを私に知らせて、そして成仏させてほしいというサインだという人もいましたね。

綿矢 死んでもこの世をさまよう人って、つらい目に遭った被害者の場合が多いということがご著書に書かれていてすごく驚きました。加害者のほうはやり切ったから成仏するけど、つらいことがあった人のほうが残る。すごく納得しました。今生きている人を悩ませているのはつらいことがあった人の霊かもしれないと思って、幽霊に対する見方も変わりました。

佐藤 想念が残る。恨みつらみというのは想念ですからね。自分でそれを意識して、その想念を打ち消そうとしても、肉体がなければできないんです。魂だけでは反省できない。死んじゃうと無力なんですよ。

綿矢　何かすごい勢いで吸収しているような気がします。確かに肉体がないと実現できないことって、たくさんあるだろうな。

佐藤　だから、肉体がある間にちゃんとしておかなきゃいけないけれど、肉体があるから欲望もある、いろんな情念もある。その葛藤を乗り越えて、我々は死んでいくわけです。

綿矢　成仏した人にお話を聞くのは難しいと考えて、インターネットで調べていたら臨死体験をした人が書き込む掲示板を見つけたんです。臨死体験って、そんなにたくさんの人が経験することじゃないけど、日本中から集まると、結構な数になります。毎日、いろんな年代の人が書いています。事故に遭ったり、薬を飲み過ぎたりで死線をさまよう。でも、不思議と経験していることが似ているんです。光を見たとか、深い愛情の意味を知ったとか、三途の川を見たとか、お花畑があったとか。今までそんな経験を全くしたことのない人が書くから、真実味があって。

佐藤　でも臨死体験した人は、死後の世界そのものに入っているわけじゃないんですよね？

綿矢　直前で引き返してくるんだと思います。名前を呼ばれて意識が戻ったり。

佐藤　どうも、まだこの世に生きている人間がわかってはいけないことがあるんじゃないかという気がするんですよ。わかる必要がないことはわからないほうがいい。神さまはそうお考えになっているのじゃないかしらん。

綿矢　最後どうなるかわからないからこそ、迷って生きるのが人生、ということですね。

佐藤　「人は何で生まれてくるかといったら、修行するために生まれてくる。だから、つらいことがあるのが当たり前」と、誰に聞いたか忘れましたが、漠然とそうなのかもしれないと、今は思いますね。

（初出：「すばる」二〇一九年十二月号）

田辺聖子さん追悼エッセイ

お聖さんの幸福

田辺聖子さんと親しくなったのは、私が四十代を半ば過ぎた頃だったと思います。彼女は私よりも五歳年下で、楽しそうに歌う小鳥のような可愛い声でよくしゃべりよく笑う人でした。趣味嗜好、すべて私たちは反対だったけれど、不精者で人づき合いの悪い私が、親しんだ数少ない女友達の一人でした。

その頃は私が講演などで大阪方面へ行った時、お聖さんが東京に出て来た時は必ず会って楽しい食事をしたものです。そんな時は必ず「おっちゃん」が一緒でした。お医者さんなのにどうしてこんな暇があるのか、訊こうと思いながら、いつかそれが当たり前のことになってしまって、そのうち訊く気もなくなりました。その頃、私はよくいったものです。「女流作家のくせに亭主と仲がいいなんて信じられない」って。とにかく、お聖さんと私との雑誌対談なのに、いつもおっちゃんが一緒にいて、その頃は料亭での対談が多かったのですが、おっちゃんは大きな坐卓の端っこに坐ってチビチビとお酒を飲みながら、私たちの対談を眺めているのでした。いったいこの人は奥さんの友達と一緒にご飯を食べて何が面白いんだろう。私はそう思うだけでしたが、対談相手がある国文学者だった時は、何という無礼な男だと激怒されたそうです。勿論怒られたのは編集者ですけど。

お聖さんは一口にいうと乙女チックとでもいうか(乙女チックな女性なんて今は絶無になりましたが)きれいなもの、可愛らしいものが大好きで、家の中にはスヌーピーのぬいぐるみが溢れていました。彼女の家

へ行くと、スヌーピーのひときわ大きなぬいぐるみが居間に立っていて、編集者が行くとお聖さんがそのぬいぐるみの後に隠れて、

「お姉ちゃん、いらっしゃーい」

と、スヌーピーになり代わって挨拶する。すべてを呑み込んでいる担当者はすかさず、

「こんにちは、スヌーちゃん、お元気？」

などといってお土産を出す。スヌーへのお土産です。スヌー用の腕時計とか帽子とかチャンチャンコとか。お土産を何にするかが大変なんです、といっていた編集者がいました。

ある時、中山あい子さんと二人で田辺家に一泊することになりました。私たちはかねてから聞いているスヌーとの挨拶ごっこを思い、我々にも「おばちゃん、いらっしゃい」をやるのか、賭けよう、などといいなが

ら田辺家へ向いました。

行ってみると話題の大きなスヌーが居間の真中に立っている。しかしお聖さんはその背中に隠れる様子はなく、さすがに我々にはやらないんだな、と私は安心していたのですが、突然、お聖さんは中山さんに近づいて、

「おばちゃん！」

と作り声で呼びかけました。あッと思って見ると、彼女の手に小さなスヌーピーがあって、それを中山さんに押しつけながら、

「いらっしゃーい、おばちゃん！」

と可愛らしくつづいていうのでした。中山あい子という人は豪快な人ですから、

「何だよう！　こんなもの……」

いうなり、さしつけられたスヌーを払ったのでスヌーはふっ飛んで私の膝に落ちて来た。

「わーッ」と思わず私は逃げ腰になって、スヌーを掴んで投げ飛ばそうとしてはっと気がつき、どうしてよいかわからず、私の膝の横、坐卓の脚にもたせかけたのでした。

まったく、息詰る一瞬とはこのことです。お聖さんがどんな顔をしていたか、見る余裕はありませんでした。

「はじめのうちは我慢してた。しかしスヌーに挨拶をさせたいという欲求の強さは抑え切れなかったんだね」

私と中山さんは帰りの新幹線の中でいい合って、なんて我々は心ないばあさんだったかを悔いたのでした。その後で中山さんはいいました。

「しかし田辺さんはさすがに、あんたに向ってはやらなかったわねえ。

わたしの方がまだ優しさがあると思ったんだよ、きっと」

女流作家は数いるけれど、私たちのようなこんなものもいるんです。二度と出会えない二人です。スヌーピーを見ると私の胸はいつも痛みます。

ある時、お聖さんと私は珍らしく真面目な話をしていました。その時に彼女はこんなことを話しました。

「わたしは昔、トコトン真面目で勝気な優等生的なところがあってね」

お聖さんはいいました。芥川賞を受賞した後、いい作品を書こう、書きたい、書かなければならないと思い詰めて、いくら書いてもうまく行かずに行き詰ってしまった時代があった。

「その時、おっちゃんがいうてくれたんよ。『小説みたいなもん、たいしたもんやない。そんな青筋立てて書くほどのもんやない。そう思て書いたらええのや。ええ加減に書いたらええのや』そういわれたらふっ切れて肩から力が抜けて行ったんよ」

確かに、お聖さんは勝気で真面目そのもの、勉強家の優等生だったでしょう。その意識が本来の田辺聖子の資質に蓋をしてしまっていたであろうことは十分に考えられます。おっちゃんの洞察力でお聖さんの資質は自由に飛び立ち、開花したのでした。お聖さんはいいました。

「そやからね、私はおっちゃんに救われたんよ。おっちゃんのおかげやねん」

「田辺聖子の今日があるのは」という思いがその後につづいているのでした。

そしてお聖さんは次第に「天然」の人になって行ったのだと思います。

彼女の流麗な文体は苦慮して出てくるものではなく、田辺聖子の胸奥の泉から自然に湧き流れてくるものです。

田辺聖子の最高の幸福は、おっちゃんという伴侶を得たことでしょう。そう思うと、対談の席について来て、盃を傾けながらニヤニヤと妻の仕事ぶりを眺めていたおっちゃんを、「けったいなおっさん」などと思っていた私はホントにダメな作家だと心から反省します。

（初出：「週刊朝日」二〇一九年六月二十八日号）

「威張りながら頼る」厄介な日々を綴ったエッセイ

片足は棺桶

二〇二〇年の秋あたりから、私は居間の隅のテレビの前、もう何十年も使い古して芥子色が黄土色に焼けて来たソファに座ったまま、毎日を過ごしている。

ソファの前にはテレビがある。だからといって、テレビを見るためにそこにいるわけではない。身体に馴染んだ古いソファがそこにあるから座っているだけのことだ。テレビを見ないのは、つまらないからではない。ただ見ているだけでなぜか涙がにじみ出てくる。拭いても拭いても出てくる。そして赤く腫れる。左目がひどいが、時々、右目もなる。テレビだけでなく、本や新聞を読んでもそうなる。点眼薬と塗り薬も効かない。かと思うとケロリと治っていることがあるが、一日二日でまた始まるから、治ったからといって喜びも安心もしない。年を取るということはこういうことなのだ。これが人間の自然である。「治療」なんてことはもうない。そう心得た方がよいのである。

耳も聞こえにくくなっている。その聞こえにくさは相手によって違う。補聴器をつけても聞こえるとは限らない。声の大小よりも活舌《かつぜつ》が問題なのだが、「すみません、もう少し大きな声で」とはいえるが「すみません、活舌をよくして下さい」とはいいにくい。いわれた方も困るだろうし。一番厄介なのが総じて二十代と思しき女性の電話である。なぜかどの人も早口で声が腹(臍下丹田《せいかたんでん》)から出ていないから、語尾がスーッと消える。仕方なく何度も聞き返すとやたらに細い声がかん高く大きくなって、さっきは遠くから聞こえてくる小鳥の囀《さえず》りのようであったのが、突然怒った怪鳥《けちょう》という趣になって、耳中にクワークワーッと響き渡る。
ここに到って私は正確に聞きとることを諦める。そうすると当てずっぽうの返事をするしかなくなる。それによってどうにか会話はつづくのだが、時折ふと沈黙が落ちて、どうやらそれは私の応答がトンチンカンなためのように思われる。向こうは質問しているのに、「ハア……なるほどね」といって澄ましているのかもしれない。

この数か月、私が人と会わず、家から一歩も出ないのは柄にもなくコロナウイルス三密を避けているからだと人は思っているらしいが、コロナとは関係なく、こうしているのがらくであるからしているだけのことなのである。気力体力とみに衰え脳ミソはすり減って、思考力想像力持久力記憶力、その上、物欲さえもすべて薄らいでしまった。退屈を感じることさえなくなっている。それゆえそれに合わせた暮らし方になっているだけのことである。

私の家から十分もかからないという所にサミットというスーパーマーケットがある。ある日、私は娘に誘われて久しぶりにサミットへ行った。サミットは私の孫が小学校へ上がった頃、およそ二十年ほど前はよく行っていたスーパーである。忙しい仕事の合間を縫って走って行ったものだ。大急ぎでした買物の籠をカウンターの台の上に置くと、待ち構えていたおばさんがさっと籠を引き寄せて、手早く中身を点検し支払金額を算出してくれる。お互いのリズムはなかなかのものだった。ある時、籠の中に私が入れた胡瓜をとり出したおばさんが、いきなり、

「これはダメ」

といって胡瓜を手にどこかへ走っていった。走りながら「曲ってる、

この胡瓜」と叫んでいる。

間もなく彼女は取り替えた真直な胡瓜を持って息せき切って戻って来たのだったが、胡瓜が曲っていようといささかも気にかけない私に比べて、少しの曲りも見逃さないおばさんのこれこそ「主婦魂」というものか、職業意識かと私はひどく感心したのであった。

そんなことを思い出しながらサミットへ何年ぶりかで私は行った。勿論、おばさんの姿はない。カウンターの台の前に立っているのはきれいに化粧した「おねえさん」である。買物を入れた籠を台に乗せるとおねえさんはかつての型通りに籠の中身を点検し会計額を出し、そうして、その籠を受け取ろうとした私の手を無視して、横にある得体の知れないキカイの上に乗せた。

私はじっと立っていた。立っていたのはどうすればよいのかわからないからで、その説明を「おねえさん」がしてくれるのを待っていたのだ。だがおねえさんは私のことなど忘れたように次のお客の籠の中を点検している。してみるとこの頃は何でもキカイ化しているらしいから、今にキカイが勝手に動いて、何をどうしてくれるのかわからないけれど、とにかく私はそれを待つことにしたのである。

そこへ手洗いに行っていた娘の声が聞こえた。

「何をボーッとしてるのよ。さっさとお金、入れなさいよ！」

「お金？　どこへ入れる……」

というのも口の中。娘は私を押し退けて、目にも止まらぬ早わざ。ハイ、ここを押して、そしてこうして、お金を出して下さい。三千四百二十六円ね、小銭はこっち、お札はここ。ハイ、レシート……。あっという間に支払いは完了したのであった。

以後、私はサミットへ行かなくなった。断乎、行かない。何があっても行かぬと決心した。わけのわからぬキカイの前であの早わざで見せられた支払い方法は、一度や二度では覚えられないからである。

かつて私はこの家の大黒柱だった。娘に孫、それに婿どのを加えた家族三人はそれを認め、私に敬意を払ってくれていた。だが年を追ってその雲ゆきは怪しくなって来た。そしてこの頃は「威張りながら頼る」という何とも厄介な事態に立ち到ったのである。

そんなある日、文藝春秋の私の担当編集者山口女史から電話がかかって来た。用件というのは以前に文庫出版された「老い力」というエッセイ集についての相談である。山口女史はこういった。

「あの『老い力』のテキストデータをオンラインに」

ここまではここに再現できるのだが、その後がいけない。山口女史が何をいおうとしているのかがわからない。わからないから返事が出来ない。彼女は返事を待っている。答えないのは聞こえないからではなく、オンラインとはどういうことかわからないからなのだ。だがそういう私の苦況は山口女史には理解できないだろう。この文明の世にそんなことがわからない奴がいるとは夢にも思わないだろうから。オンラインだけではない。山口女史はその後の説明の中で、私には未知のインターネット語(?)を使ったのだ。

そのインターネット語は三つもあって、そのため私はチンプンカンプンだったのだ。

その後山口さんに会った時、私はチンプンカンプンになったわけを説明したところ、彼女はそのインターネット語とやらは私は三つも使っていません、普通にしゃべっただけですといった。そういわれてみるとそうだったかもしれない。やっぱり私の耳は大分悪くなっているのだな、と思う。もう以前のように自分の思い込みに固執しない。しないというより、出来ない。素直なものだ。一瞬暗澹とするが、それもすぐ忘れる。

インターネット、そんなもん、わからなくたって生きていける……。今までに何度、私はそういって来たことか。娘や孫相手ばかりでなく、心許した編集者、私を奇人変人と思っている友人、佐藤愛子らしいいつもの「放言」と聞き流してくれる人ばかりでなく、真面目なインタビュアにまで本気でいってきた。本気だ。全く本気で、真面目に私はそう確信していたのだ。

その確信が揺らいだのは、留守中に届いていた宅配便を見た時である。

「ご不在連絡がスマホに届く！」

という貼紙が包みの上に「これを見よ！」とばかりに貼りつけてあったのだ。

私は意味不明のその貼紙を、意味不明であることに腹を立てて剝ぎ取って丸めて捨てた。

そんなもん、わからんかて、生きていくワイ、と胸に叫んだ。私は感情が高まると生まれ故郷の言葉になる。

そうこうして（インターネットを無視していると、生きて行けない時が来るかもよ、と誰かに言われたことがあったが）、それを切実に思い出す時が来たのである。

ある日の朝日新聞の書評欄にぼんやり目を向けていた時のことである。

「……私はこの社長が大好きだ」

という一行が目に飛び込んで来た。この頃の私の視力はとみに衰えて、新聞は読むというより「眺める」という見方になっている。視線を漂わせていると、向う（つまり紙面）の中から言葉、あるいは文章が飛び出してくることがあり、「おっ！」と思って改めて読み直すという読み方になっているのだ。

「一番好きなシーンは、会社のパソコンがウイルスに感染したのは自分がインストールした囲碁ソフトのせいではないかと社長が怯えるくだり。私はこの社長が大好きだ」

それは長嶋有さんの「泣かない女はいない」という短編小説についての歌人の山田航氏の批評である。私の目が引き寄せられたのは「私はこの社長が大好きだ」という一行だった。小説の登場人物を「大好きだ」と書く書評は珍らしい。その「大好き」の一言で私は「泣かない女はいない」を読みたくなった。書評で「大好き」といわれる社長はどんな人物なのか、私は読まないうちからもう、この「社長」を好もしく思っているのだった。

だがその一方で、私は気がついていた。「会社のパソコンがウイルスに感染したのは自分がインストールした囲碁ソフトのせいではないかと怯える」とはどういうことなのか、私にはわからない。パソコンがウイルスに感染？

「ウイルスとは超顕微鏡的大きさ（約二〇〜二六〇ミリミクロン）を有し、生物に寄生し、生きた細胞内でのみ増殖する微粒子。形は球状、棒状などの他、頭部と尾部とをもつものもある……」

広辞苑はそう説明している。それ以外に「ウィリス」といえば「イギリスの医者、戊辰戦役に官軍のために治療に従事云々」というのがあるだけである。仕方なく（したくはないが）私は娘を書斎に呼んだ。パソコンがウイルスに感染したってどういうこと？　娘は「またかいな」という顔になった。面倒くさそうにいった。

「ウイルスってのはパソコンを壊してしまうデータのことよ」

「ふーん」といった後、私は少し黙り、それから呟いた。「何のことか、さっぱりわからん……」そしていわでものことを言った。

「広辞苑で調べたら、形は球状、棒状などあって頭と尻尾があるって書いてあったけど」

「それって、いつの広辞苑？」

えらそうに娘はいい、机の上の広辞苑を開いていった。

「なにこれ、昭和三十年五月に発行されてるんじゃないの。新しいのを買いなさいよ」

それは表紙裏おもて、手ずれどころかガムテープを二重三重に貼って

それでもボロボロは隠せないといった代物で、私が三十歳を幾つか過ぎた頃、正式にというのもおかしいが、小説家をめざそうと、本気になった時に買ったものである。昭和三十年じゃ、インターネットなんて影も形もないもんね、と娘はいい、「新しいのを買いなさいよ」といって部屋を出ていった。

その後、私はインターネットの勉強を始めた。孫が先生である。新しく買って来たノートに書いた。

「ケイタイ。

相手を呼び出し、会話する。(電話の機能)

メールのやりとり。
カメラ撮影」
「パソコン（パーソナルコンピューター）
あらゆるジャンルの情報が詰っている。
わからない文字、その意味などすぐわかる。
文書作成。小説も書ける。
計算も出来る」

何しろ孫が先生だから、書き方にとりとめがない。わかったような、わからないようなハッキリしない頭で私は書く。
「スマホ（スマートホン）
ケイタイ電話プラスパソコン。つまり電話をかけられるパソコン」

そこで質問した。

「じゃあパソコンって、電話をかけられないの？」

「かけられない」

「じゃあスマホは？　電話かけられる？」

「かけられるよ。電話だもの」

「でも電話じゃないんだよね」

「そうだよ。だってコンピューターみたいなもんだもの」

「じゃあスマホはパソコンなの？」

「違うよッ！　電話だよッ！」

孫は怒り、私は勉強をやめた。

私は黄土色のソファに座って今日も庭を見ている。蠟梅《ろうばい》は散った。白梅がほころび始めている。目の前にテレビはあるが、見るためにそこにいるわけではないから、見ない。ぼんやりと私は思っている。

——そもそも文明の進歩とは、人間の幸福を目指すものではなかったのか？

今は何を目指している？

ただ思いをめぐらせているだけで、答えを求めているわけではない。すぐに忘れる。それからまた思う。

——文明は進歩しているが人間は進歩しているのか？　劣化ではないのか？　進歩していると思いながら劣化していっているのではないのか？

かつては同じことを激越にしゃべったものだ。

そして聞き手を困らせたものだ。今は思うだけだ。ぺらぺらしゃべると疲れる。孫が聞いたらいうだろう。劣化しているのはおばあちゃんじゃないの、と。

だが、こうしているのも悪くないのだった。これはこれで悪くない。何をしたい、何を食べたい、誰に会いたい、どこへ行きたいということがなくなっている。脚萎《あしな》えになったら人に迷惑をかけるから鍛えなければ、とも思わない。

黄土色のソファの一部になって私は生きている。これでよい。これ以上に望むことは何もない。九十七年生きて、漸くそう思えるようになってきたことを有難いと思うことにする。

（初出：「週刊朝日」二〇二一年二月二十六日・三月五日号）

『九十八歳。戦いやまず日は暮れず』単行本刊行記念インタビュー

「書くことが私の生活のすべてだった」

なんでみんな、あんなに外に出たがる

「最後のエッセイ集」と銘打たれた佐藤愛子さんの『九十八歳。戦いやまず日は暮れず』が発売される。百二十八万部を超える大ベストセラー『九十歳。何がめでたい』の、待望の続篇である。

『九十歳。何がめでたい』が売れに売れたために、取材や執筆、テレビ出演などをこなし、ヘトヘトになって昏倒して顔を打ち、「コテンコテンにやられたボクサー」のようになったことや、四十代半ばで離婚し、元夫が残した借金のため馬車馬のように働き、返済して北海道に別荘を建てた話、幼い頃や戦争中の記憶、最近の政治やニュースについての時評など、多彩な話題がユーモアをちりばめ綴られている。

長引くコロナ禍の中で、佐藤さんはどう過ごしておられたのか。

「ワクチンは二回接種しましたが、全然、外に出ていません。整体には通っていますけど、車で行くから、いわゆる世間の風には一年半ほど触れてないですね」

もうヨレヨレです、と言われるが、電話がかかってくると、すっと席を立ち、みずから受話器を取って応対する。「元気そうで」と言われてしまうのが悩みの、張りのある声も健在だった。

五月、『女性セブン』誌上での、突然の断筆宣言には驚いたが、いま思えば予兆はあった。

その少し前、「マグロの気持」と題して、父である作家佐藤紅緑が、編集者から原稿への苦情の手紙をもらい、筆を折ったときのエピソードが紹介されていたのだ。数か月後、思うように書けず、丸めた原稿用紙が散乱した書斎を見た孫に、「おばあちゃん、もう、書くのをやめれば……?」と言われ、医者には「書くのをやめたら死にます」と予言されるが、「かくして私はここに筆を措きます」と、断ち切るように読者に別れを告げた。

「だって、書けないんですもの。この前に、『九十歳。何がめでたい』を連載していたときと比べると、衰えたなあと自分で思いましたね」

「アベノマスク」をかたくなにつけ続けた安倍首相（当時）の姿を、責めるのではなく「哀愁漂う孤独な顎」と評したり（「小さなマスク」）、「女性が多いと会議の進行に時間がかかる」と発言した森元首相を大批判する世論へ敢然と疑問を投げかけたり（「釈然としない話」）。さすがは佐藤さん、と感じ入る切れ味だったのに。

「安倍さんの顎のことは、ひょっと思い浮かんだし、森さんのことも、テレビで見たとたんに、ああ、これは書こうと思いました。そういうときはいいんですけど、ひょっと出てくることがだんだん少なくなって。考えてひねり出すようになると、文章から自然の勢いというものがなくなるんですよ。

川が流れるように、自然にサラサラ流れていく文章がいい文章だと私は思います。消したり書いたり、いじくりながら書いた文章には、手垢がいっぱいつきます。人さまのものはともかく、自分のものはよくわかるんです」

読者にわからなくても自分にはわかる、と言う作家の言葉は重い。

エッセイでは、独自の着眼に意表をつかれることが多かった。

「自分で、人と違う意見を持つことが多いなあとは思いますが、別に変わった意見を言おうとしているわけじゃないんです。そう思ったから書いているだけ。

『女性セブン』だから、それほどうるさ型は読んでないだろう、とも思うしね。たとえば『週刊朝日』なんかだったら、うるさい読者から手紙が来て不愉快になるのでやめておこうと思ったかもしれません。自由に書く、というのはなかなか難しいことで、これでも無意識のうちに、新聞、週刊誌、婦人誌、いろんな読者層というのが、頭の隅《すみ》にありますからね」

書籍化にあたって、連載時のタイトル「毎日が天中殺」を『九十八歳。戦いやまず日は暮れず』と改題した。一九六九年に第六十一回直木賞を受賞した『戦いすんで日が暮れて』を連想させるタイトルである。

「これは私の最後のエッセイ集ですから、いろいろ考えて、自分が世に出るきっかけになった『戦いすんで日が暮れて』にちなんだものにしたいと、このタイトルにたどりつきました。もういい加減に、戦いも終わって、日も暮れてほしいけど、なかなか暮れないのよ（笑）」

同時に、『九十歳。何がめでたい』を増補した文庫本も出る。九十歳を越えて初めて「ベストセラー作家」になったことを、佐藤さん自身はどう受け止めておられるのだろう。

「どうって、特別な感想というものは別にないわね。ああ、そうですか、っていう……。あえて言うなら、『なんで？』でしょうか」

端然と答える佐藤さんである。

もともと人気作家なのだが、『九十歳。何がめでたい』の大ヒットは、時ならぬ佐藤愛子ブームを巻き起こした。次々に本が刊行され、佐藤さん自身、愛着があるという短篇「オンバコのトク」が復刊され（『加納大尉夫人／オンバコのトク』）、ムック『佐藤愛子の世界』も出た。

『佐藤愛子の世界』に再掲された直木賞の「受賞のことば」を読むと、「少なくとも九十歳まで生きたい」と書かれている。半世紀前にはおそらく実現不可能だろうと思われた「九十歳で現役」という願いを、佐藤さんはかなえてみせた。

「読み返して、『つまんないことを言ったもんだな』と思いましたよ（笑）。この頃になってつくづく思うんですけど、書くっていうことは、もう私の生活のすべてだったんです。

朝目覚めたときに、いま書いているもののことがパッと頭に浮かんで、布団の中で一時間ぐらいいろいろ考えて、さあ、その線で行こうと思いついて、意気込んで起き出す。活気がありましたね。書かなくなったら、起きたって何もすることがないから、じゃあ寝てようか、ってなりますよ。

いまだって、オリンピックについても、コロナの問題についても、気にはなります。オリンピックはやらない方がよかったですし、感染者がどうしてあんなにいまも増えているのか知りたい。でも、なんでみんな、あんなに外に出たがるんでしょう。私の育った時代には、やたらに表へ出る人は悪口言われたもんですけどね。それも、もう書くことはないと思うと、いろんな問題を深く考えず、そのままスルーしちゃうんです。

退屈なら書けばいいじゃないか、と言われますけど、机に向かって万年筆を持ち、最初の一行を書くというのが、もう大ごとなんですよ。昔は、座るとすぐ頭に何か浮かんで、さっと入れたんですけどね。これは肉体の衰え、生理的な衰退ですから、いくら意思の力で奮い起こそうとしてもダメ。老いるというのは、そういうことだと思います」

小説『晩鐘』が出て取材した六年前、佐藤さんはたしか、「人工的な街に変わって、それまでの東京ではなくなりそうで、次のオリンピックは見たくない」と言っておられた。

――今回のオリンピック、テレビでご覧になりますか？

「いや、見ないですね。日本が負けると悔しいですもの。

昔から、悲しいお話が嫌いだったんですよ。『母をたずねて三千里』ですか、周りの女の子はみな感激の涙を流していましたが、私は読んでない。評判聞いただけで、嫌なんです」

欲望に対して淡白な家風

悲しい話だけでなく、優等生的なものへの苦手意識も感じられる。新刊エッセイにも、「おから」を「卯の花」と上品に呼ぶ友達が出てくる（「ヘトヘトの果《はて》」）。

「自分が優等生じゃないからですよ。それだけのこと。相手が『おこんにゃくを煮て』と話しているときに、私のアンテナがパッとキャッチするんです。書けるとか書けないとか、そのときは思いません。ただ蓄えておいて、何かのときに、ふっと出てくるんです。あれは、我ながら不思議ね。作家はみなそうなんだろうと思いますけど。小さいときのことでも、忘れませんね」

「書くのをやめたら死にます」と医者に通告され、娘と孫に、「ホントに死

ぬかどうか験《ため》してみるんだよ」と告げる。「もし死んだら、あの世で『当《あた》りィ……』といって太鼓を叩くからね」（「さようなら、みなさん」）。老年の寂寥《せきりょう》も、自分の死すらもカラっと笑い飛ばすのが、佐藤さんのすごいところだ。

「面白中毒なんです。しみじみ書こうと思っても書けないの。

やっぱり、面白さに対する敏感さは父や兄（詩人のサトウハチロー）と暮らすうちに培われたものでしょう。お客さんも多く、朝から晩まで、笑い声が湧いているうちでしたから、そういう家庭に育ったことが大きいんじゃないかしら」

――戦争中、ドイツの首相ヒトラーのことを「ヒーやん」呼ばわりしていたそうですね。

「我々が女学校の頃に日本とドイツとイタリアは三国同盟を結んでヒトラーさまさまだったんですけど、ヒトラーの七三に分けた髪がちょっと額に垂れているのをニュース映画で見て、『ヒーやんの髪は、ちょっとこうやねん』と友達に真似してみせたりしてました。戦争に抵抗していたわけではないけど、権威のあるものはみなバカにしてたんですね。

町内の防空演習が始まると、それまでペコペコしていた電気屋のおっさんが防空団長になって、カーキ色の服を着て、急に威張り出してね。そういう姿も家で真似してました。カリカチュアライズするのが大好きだったんです」

真珠湾攻撃についても、当時、「これって騙し討ちやないのん」と言って、「憲兵に引っ張られるよ」と友達にたしなめられた話が新刊に出てくる（「釈然としない話」）。たしかに、誰かの耳に入ったらエライことになったかもしれない。

「うちの父なんか、真珠湾攻撃に喜んでね。『アメリカの戦艦を片っ端からやっつけた！』と言うのを、母は『いまは勝ってても、地図を見たら、あちらはこんなに大きくて、日本はトウガラシぐらい。勝てるわけないですよ』と言うんです。それでも父は、『女の機嫌ばかり取ってるアメリカのやつに、日本男児が負けるわけがない！』と言ってましたね」

冷静な母と激情の父、どちらの個性も佐藤さんには受け継がれているようだ。

「私の持って生まれた性格は父そっくりの激情家ですが、母から受けた影響もまた大きいと思います。何か問題が起きても割と冷静に状況を見ているのは、母の血だと思いますね。母は女優になり損ねた人で、『あの人はああいう顔をしているけど、心の中は違うことを思ってるに違いない』とか、そういうことばかり言ってる人でしたよ」

規格外の両親のもとで育ち、佐藤さんにも、知らず知らず、人間を見る目が養われていった。

「門前の小僧習わぬ経を読むというやつです。何しろ、父も兄も、ものを書く人間でしたから、お客さんが帰ろうとしてまだ靴を履いているうちから、『なんだあいつは』って人物月旦が始まるわけです。

私が作家になれたのも、おそらく人間に対する感性が身についていたからで、親は別に教育しようと思っていたわけではなく、自然に吸収していたんでしょう」

子供の頃、クリスマスプレゼントがなじみの洋品店の箱に入ってるのを見て、「サンタはいない」と察したのに、「サンタクロースさん、ありがとう」と言うように父から指示され、なんとも言えない気持ちになった。そのときの心の動きがみごとに書かれていて印象に残る（『ハハーン』のいろいろ」）。

「子供ながらに、言うに言えない感情があるのね。そのときの自分がどう思ったのか、記憶をかき分けていっていまも考えるんですけど、思い当たる言葉がないですね」

二歳のときの記憶という。利発で繊細、父紅緑が末娘の「アイちゃん」を溺愛したというのもよくわかる。

「佐藤さんのうちへ行ったら、朝から晩まで先生が『アイちゃん、アイちゃん』と言ってるって近所で有名で、私は嫌でね。五十のときの子ですから、孫みたいなもんですよ。四人いた兄はそろって不良でしたしね。母は冷静な女だから、『この子は賢い、楽しみだ』って父が言うたびに、『ふん』って顔を必ずしましたよ」

特殊な家庭環境に加えて、二度の結婚・離婚や、二人目の夫の会社が倒産し莫大な借金の肩代わりをしたことで、作家佐藤愛子はできあがった。

「私は本当にぜいたくに、豊かに育ってるんですよ。ところが夫が破産して、貧乏のどん底に沈んだ。そんなときは誰でも、さぞかしショックを受けるものだろうと思うんだけど、私は別にどうということはなかったんです。嘆いているうちに先に進むことを考えてました。それはやっぱり、佐藤家に流れていた、いろんな雑多なものをそのまま飲み込んでいく血というのか。細かいことをいちいち気にしていたら、生きていけないような家でしたから。

子供の頃から、お菓子でもおもちゃでも、『あれ買って、これ買って』と、ねだってまでほしいと思ったことがないんです。欲望に対して淡泊ですから、貧乏になっても、どうってことない。だいたい、金持ちがえらいと思っている人を、佐藤の家ではバカにしてましたからね」

金銭に淡泊、かつ困難から逃げない気性のせいで、支払う義務のない元夫の会社の数千万円の借金も、書いて書いて、完済した。

「だって、借りておいて返さないっていうのは悪いに決まってるじゃないですか。単純なんですよ、私は。

だからいま住んでいるこの家も、四番抵当にまで入っていて。母と夫とでお金を出し合って建てた家だったので、母は怒りますわね。私が肩代わりして抵当を抜いてそのまま住めることにはなったんですが、母がつくづく、『お前といると、どんなことになるかわからない』と嘆いたの」

さらに母を嘆かせたのは、佐藤さんがこの後、株に手を出したことだった。

「ようやく借金を返し終えた頃にね、北杜夫が電話をかけてきて、『これこれの会社の株を買え』と言うんです。北さんは、新幹線で隣り合った国会議員かなんだかに『この会社の株を買ったらものすごく儲かる』と言われたんですって。何千万かの借金を払って金銭感覚がおかしくなっていたので、面白半分でたくさん買ったら、みるみる暴落して。

北さんに、『えらい下がってきたね』って電話したら、『そうなんだよ、あいう国会議員がいるから日本の政治はだめなんだ』とか言ってごまかされちゃった。それからも、北さんと一緒になって株を売り買いして、1億ぐらい損して、それでさすがにやめましたけど、北杜夫に一億損させられたとは思わない。だいたい私は数学が低能ですから」

人の悪さのおかげで生きてこられた

一億損しても、同人雑誌時代からの北杜夫との友情は、まったくゆるがなかったそうだ。生活人としてのマイナスも、作家としてはプラスに転じるようである。

「たいして才能がないにもかかわらず作家になれたのは、私の人生にあまりにもいろんなことが起きたためで、これは神さまのお恵みだと思っています。会社の倒産騒ぎがあったから『戦いすんで日が暮れて』が書けたわけでね。あれがなかったら、作家になれていたかどうか、わからないですよ」

一難去ってまた一難、借金を払い終えて北海道に別荘を建てれば今度は超常現象が起きて——「禍福《かふく》は糾《あざな》える縄の如し」という言葉のままの人生だ。出世作の『戦いすんで日が暮れて』にしても、本来は、時間をかけて大長編にしようと思っていた題材を、小説誌の依頼で急遽、短篇に書いたものだった。

「あれは（四〇〇字原稿用紙）五十枚でしたか、一枚でもはみ出ては困るというのよ。ほとんど無名でしたからね。『小説現代』の大村彦次郎さんの好意で書かせてもらったんですけど、自分としては不本意なところもありました。

だけど、直木賞取ったでしょ？　当時の金貸しにはいろんな人がいましたけど、その中にしょっちゅう電話してきては怒りまくる婆さんがいたのよ。私が直木賞を取ってテレビに出たら、五分とたたないうちに電話が鳴って、その婆さんがいままで聞いたことのないような猫なで声で、『おめでとうございます。よかったですねぇ、がんばってください』って。これで借金のとりはぐれはなくなったって、ほっとしたんでしょう、多分。それがとても面白くてね。元気が出たりしたものですよ。

私は、人間の面白さを見つけることによって、普通なら泣きの涙で暮らすいろいろな悲劇を、悲劇とも思わずに通りすぎることができた。思えば、人の悪さのおかげでここまで生きてこられた気がします（笑）」

何でも面白がってしまうのが佐藤愛子の特質なのだ。

「結局、私には書くこと以外できることがほかに何もなかったんですよ。たとえば瀬戸内寂聴さんみたいに、多才で、何をやっても成功するような人だったら、別の方面に行ってたかもしれません」

三年ほど前から、日記をつけるようになったと言う。

「私の肉体はもう、半死半生という感じで、昨日、飲むべき薬を飲んだかどうかも忘れるので、だから日記をつけ出したの」

それを聞いて、エッセイもまた書いてほしいと思う人がたくさんいますよ、と編集者が言うも、「いや、そうでもないでしょう」とにべもない。

これから何かしたいことはありますかという質問への答えは、「死ぬことです。何とかうまく死にたいものだわ」。とはいえ、「退屈で退屈で」とも言っておられたので、ここは執筆再開に望みをつなぎたい。

取材・文／佐久間文子　撮影／江森康之

（初出：「女性セブン」二〇二一年八月十九日号）

「ファン歴五十年以上」の作家が綴るラブレター寄稿

愛ちゃんと私の小さな歴史／群ようこ

「うひゃあ、やったあ」

私が佐藤愛子さんの存在を知ったのは、中学生のときだった。当時、たまに読んでいた「小説ジュニア」に小説をお書きになっていた。雑誌のテーマは、主に女子学生の恋愛だったのだが、典型的な恋愛話ではなく、佐藤さんの小説はユーモアにあふれていて、よくある恋愛話には興味がない私でも、佐藤さんのものは楽しく読んでいた。その後、高校生になると佐藤さんのエッセイが多く出版されるようになり、これが面白くて面白くて、たまらなかった。考えてみれば自分の親よりも年上の方なのに、あまりに好きすぎて、「愛ちゃん」と呼ばせていただいていた。

本を読むのは大好きだが、勉強も運動もすべて中くらいで、できれば楽をして暮らしたいと考えている、ぼーっとした高校生の私に、愛ちゃんは、最上級の面白い本を与えてくれたのである。当時、本や雑誌の出版情報は、家でとっている新聞の出版広告か、通学のときに乗る電車の中吊り、あとは毎日書店に行って、昨日は店頭に並んでなかったものをチェックするくらいしかなかった。中吊りで、佐藤さんの本の広告を見て、

「うひゃあ、やったあ」

と思わず叫んでしまったこともある。学校に行って友だちに、

「愛ちゃんの新しい本が出る」

と興奮気味に話したりもした。友だちも佐藤さんのファンだったので、

「きゃー」

といいながら、木造の学校の廊下で、胸の前で手を組んで、くるくると回ったりした。とにかく愛ちゃんの新しい本が読めるというのは、何よりも興奮する出来事だったのだ。

『愛子の小さな冒険』は公園ののぞきや、ラブホテル探訪といった、当時話

題になっていた現象について書いた、ルポルタージュなのだが、佐藤さんが書いているので、ただのルポではない。公園ののぞきでは、ベンチの上でおとりになり、アベックのふりをしてのぞきが出るのを待った。ラブホテルでは、壁に小さな穴が空いているのを発見する。隣室には人がいる気配もする。穴の用途はわかるのだが、佐藤さんはその穴の向こう側がどうなっているか知りたくてたまらない。そこでどうしたかというと、ボールペンをぐいっと穴の中に突っ込んだのである。何か柔らかいものに当たったというところで終わっているのだが、もう読んでいるこちらとしては、いったいどこに当たったんだろうかと気になって仕方がなかった。

またある整形医院のルポでは、出産後、夜の夫婦生活について、夫から体の締まり具合の不満をいわれた妻が、マル秘部分の狭窄《きょうさく》手術を受けにきていた。佐藤さんはその話を聞いて、どうしてそれが手術まで受けなければならないことなのかと憤る。そして、

「がぼがぼは、堂々とがぼつかせよ」

と妻を励まし、彼女をそこまで追い詰めた、自分勝手な夫に対して、

「責任とってそっちで太くしろ」

と怒りを爆発させる。それを読んだ高校生の私は、そのくだりを思い出しては、一週間はどこにいても思い出し笑いをしていた。通学電車の中、授業中、夜、布団に入っても、「ぐふふふふ」と声を押し殺して笑っていた。もちろん学校の友だちにも話すと、みんな大笑いをして、

「愛ちゃん、面白い」

と大喜びだった。そういってもらうと私もまたとてもうれしかった。この「がぼがぼ」の話は、誰に話しても喜んでもらえるので、三十歳になるまで、みんなに話して笑ってもらった。これをきっかけに佐藤さんの本を読んでくれるようになった人もいて、うれしかった。

娘の響子さんが登場する、「娘と私」シリーズも好きだった。特に『娘と私のアホ旅行』は何度も読み返した。感情を隠さない佐藤さんに比べて、響子さんの常に落ち着いていらっしゃること。まるで母娘が反対のようだと思

いながら読んでいた。愛ちゃんの本を次から次へと熟読している私に向かって母は、

「この人は立派な方なのだよ。ちゃんとした賞ももらっていらっしゃる」

といって受賞作を教えてくれた。婦人雑誌しか読まない母なのに、佐藤さんの本は知っているのだなと感心したのだが、その後、図書館に行ったときに調べてみたら、それは同じ賞を受賞された別の佐藤さんの本だった。うろ覚えやいい間違いが多い、おっちょこちょいの母なので、

「やっぱりな」

とうなずいた。そんな母から生まれた私なので、きっちりとしているわけもなく、就職してもすぐにやめ、転職を繰り返していた。そんななかで、裏切らない面白さの愛ちゃんの本を読むのは、私にとって日々のストレス発散だった。読んだ後は多少の不満や気分の落ち込みなど、どこかへ飛んでいった。

体が五センチくらいに縮んだような気がした

そんな愛ちゃんファンの私は、どういうわけか、物を書く仕事に就いてしまった。読者ならともかく、「愛ちゃん」はいってみれば業界の大先輩になってしまったのだ。もうとてもじゃないけど軽々しく「愛ちゃん」などとはいえなくなってしまった。

二〇〇〇年のこと、着物雑誌から対談の依頼がきた。私が着物が好きなのを知って、声をかけてくれたのだが、対談相手のリストに上がっていた方々のお一人が佐藤さんだった。私は常々、佐藤さんの着物姿はとても素敵と憧れていたし、会いたい、でも会って佐藤さんのご機嫌を損ねたらどうしよう……と心は揺れ動いた。しかしこのチャンスを逃したら、二度とお目にかかれないかもしれないとお願いしてみると、佐藤さんは快諾してくださった。

当日、私は興奮してずっと鼻息が荒かったのだが、それをぐっと抑えていた。しかし話が進むにつれて、つい調子に乗って、ラブホテルの穴にボール

ペンを突っ込んだ話に触れて、

「あれはとっても面白かったです」

といった。さすがに「がぼがぼ」はいえなかった。すると着物姿も美しい佐藤さんはにっこり笑って、

「ありがとう。でも、私はもっと程度のいいものも書いているのですよ」

とおっしゃった。私は、ひえーっと頭を抱えてその場から逃げ去りたくなった。ただでさえ背が低いのに、体が五センチくらいに縮んだような気がした。おそるおそるまた佐藤さんの顔を見ると、そんな私に対して、ずっとにこにこ笑ってくださっていて、本当にありがたかった。その年の暮れ、菊池寛賞を受賞なさったときにも声をかけていただき、失礼がなくてよかったとほっとしたのだった。

それから十数年後、テレビの深夜放送に佐藤さんが出演なさると知った。お元気なのは存じ上げていたものの、老いについて書いていらっしゃる佐藤さんにも、老いはやってきているのかしらと、番組を観てびっくり仰天した。

私がお目にかかったときと、寸分たがわぬ姿で出演なさっていたからだった。

どんなに若く見える人でも、年齢を重ねるにつれて、会話の際に相手とタイムラグが生じたり、耳が聞こえにくそうだったりするものだが、佐藤さんは違う。若い人たちと同じリズムで会話を交わし、まったく淀みがない。

「すごすぎる……」

最近ではラジオの電話インタビューで、戦時下の女学生の恋愛について話されていた。こちらもまったく会話に違和感がない。あれだけ老いについてお書きになっていながら、ご本人は老いていないのではと感じた。

ひとつひとつ細かい部分をあげていけば、人体の能力としては若いときと比べて違いはあるのかもしれないけれど、ある意味では佐藤さんは若い人よりも頭が若い。それだけではなく、年齢にふさわしい考え方も書いてくださるから、読者はなるほどと納得したり、自分の偏った考えに気づかされたりするのだ。

『九十八歳。戦いやまず日は暮れず』のなかで、東京オリンピック・パラリンピックの会長だった森氏がやめたときのことが書いてある。そのときはたしかに、みんなよってたかって彼を非難した。しかし佐藤さんはそれに対して釈然としなかったと書いている。

「国家権力は弱まり、我々は自由平等を与えられた。何をしてもいい。何をいってもいい。自分に正直ならばそれでいい。そう思って油断をしていたら、いきなり足もとが崩れる危険がそこいら中に潜んでいる」「森さんのために釈然としないのではない。この国の知性に対して釈然としないのである」。

つまり私たちの知性はいったいどうなのかということである。今は文句をいいたくなる言動をした人がいると、わーっとみんなが集まってつるし上げ状態にする感がある。そして常に他に誰かいないかと探しているような意地悪社会になってしまった。それはちょっと怖い。それに対して佐藤さんは、「この国の知性はどうなのか」と問いかけたのである。これは長年の経験、人生の重みからでた言葉だ。他人に対する寛容さ、厳しさと優しさを見習わなければならない。

この本の帯に「最後のエッセイ集!」と書いてあるのがとても悲しい。私は佐藤さんの本を読みはじめてから、五十年以上、経ったのである。満足がいく原稿が書けずに、反古原稿で「床は足の踏み場もない」と、佐藤さんは書いていらっしゃる。占い師に「書くのをやめたらこの人は死にます」といわれ、人から「死ぬのがいやだから書き続けているのだろう」といわれるのもいやだ。「ろくでもないものしか書けない、読み返すと、ああダメだと思ってしまう」とも。しかし書くのをやめたほうがいい作家は、みんながろくでもないものと呆れているのに、書いた本人だけが、面白いと思っている人なのではないか。佐藤さんがおやめになる必要などどこにもない。私としては少しの間お休みしていただき、そしてまた復活してくださるようにと願ってやまないのである。

(初出:「女性セブン」二〇二一年九月三十日号)

瀬戸内寂聴さん追悼エッセイ

波瀾の一生を支えた無邪気さ

私と瀬戸内さんとはそう親しい友達というわけではない。年に一度くらい、対談などの仕事がらみに会うことがあることもあれば、二、三年も顔を合わせないほどの間柄です。瀬戸内さんは早くから女流文学賞などを受賞したりして、女流作家としての華やかなスタートを切っている人に私には見えていました。

私の方といえば、文藝首都という貧乏同人誌の同人として細々と小説を書いて掲載してもらうような、その合間に自信作を文藝春秋や新潮社、中央公論社などへ厚かましく持っていってはあっさり断られるという日をくり返していたのです。

それでもやっとこさ私は直木賞を貰って文壇のパーティーに出たりすることもあるようになって、瀬戸内さんとも顔馴染みになりました。気転の利く華やかな人ですから、対談とか座談会の司会などでも大活躍して時々、私もお相手をするなどして少しずつ親しくなっていきました。その程度のおつき合いなんです。なのに、顔を合わせると、「うわァ、佐藤さん、お久しぶりィ……」。

独特のかん高い歓声を上げて抱きついてくるのがいつものことで、常々ぶっきらぼうな私は対応に困って同じように高い声を上げなければならないと思ってわァわァ、アハハ、と仕方なく大声で笑うのでした。

全く瀬戸内さんと私とは正反対の気質でした。ゆえに私は彼女に対して引き気味だったこともあります。しかし引き気味も何のその、無邪気に明るくいつも楽しそうにいそいそと振舞う瀬戸内さんにそのうち私は負けました。彼女はそういう力、おかまいなしの力を持った人です。正直で率直です。すぐに我を忘れる。つき進む。いわゆるサービス精神の泉が胸に溢れんばかりに湛えられている。人を喜ばせたい、救いたい、楽しくさせたい、そんな気持ちが溢れているので、時々、彼女は話を「盛り」ました。人を楽しませたいという気持ちの強さから話す事実とは違う方向に走ったりします。それにこだわる人もいるけれど面白がる人もいる。

河野多恵子さんと彼女は長い親友でした。河野さんはよくいってました。「わたし、瀬戸内さんより一日、いや半日でいいからとにかく、後で死にたい」。もし先に死んだとしたら、「河野さんの思い出話」か何かで、どういう「盛り方」で書かれるかわからない――。

河野さんは真面目な人でした。何十年の親友だから、見せたくない面をお互いに見て来ている。そういうことは、口にすべきではないとして控えるのが親友というものであるけれど、瀬戸内さんにかかっては逆に盛られて面白おかしく語られ、それが流布されてはたまらない。河野さんはそう思ったのでしょう。

「あれはもう、颱風とか地震とか、止めようのない自然現象やと思うしかないわねえ」

私はそういい、大笑いに笑ったものでしたが、河野さんは忘れた頃にまた同じ心配を口にするのでした。瀬戸内さんはもとより、大の親友がそんなに自分のために胸を痛めているとは知らず、河野さんをいつも上機嫌に愛し信じていたのだと思います。河野さんが亡くなった時に、すぐ頭に浮かんだのはこのことでした。

瀬戸内さんの無邪気さが私はだんだん好きになりました。瀬戸内さんの波瀾の一生を支え成功させたのは無邪気さではないかしらん。瀬戸内さんがテレビの瀬戸内さんの日常を紹介する番組で堂々と肉を焼いて食べたりお酒のお代りを頼んだりしている様子を見て私はびっくりしたけれど、すぐに瀬戸内さんはこういう境地に来たのかも、と思うことにしました。大悟の人なのか、ただの無邪気なボンさんなのか、私にはわかりません。

かつては私の周りには父母兄姉イトコハトコ、親類の誰彼や沢山の友人知己が囲んでいました。そのうち戦争が起きて、誰もが大きな喪失を味わいましたが、それでもまだ私の周りにはいろいろな人がいました。前方には人生の先輩、右と左は沢山の友人、後ろには増える一方の後輩が列をなしている。賑やかなものでした。それが一人また一人と欠け始めたのが七十代になった頃からでしょうか。かつては先輩や左右の友人らが冥途からの風を遮りまぎらわせてくれていたのですが、それがいつかスーと通りよくなってきている。九十代に入ると、私の前にいるのは瀬戸内寂聴ただ一人という寥々たる姿になりました。

瀬戸内さん、死なないでほしい。瀬戸内さんがいなくなったら、冥途の風はまっすぐに私に向ってくるのよう……。若い人たち（八十代も私には若い人）はそれを聞いて笑っている。仕方なく私も一緒に笑う。笑いつつ寂寥感に耐えている。

一方瀬戸内さんといえば、「死ぬのは怖くないですよ。どんな悪いことでもお釈迦サマが何でも許して下さって大きく抱き取って下さいますよ」なんて天衣無縫に死を待っている様子でした。私はお釈迦サマなどどうだっていい。まだ私は生きているのだから、お釈迦サマのことを考えるより、冥途からの風を遮る衝立の方が大切なのです。

まあ半分は冗談として、そんなことをいっていたのです。瀬戸内さんという衝立がいなくなることなど実感として考えられなかったのです。そんなところへ、いきなりの訃報です。今まで沢山の友人の訃報に接してきたけれど、こんなに喪失感に打たれたことはありません。我ながら意外に思うほどでした。私たちはそんなに仲よくつき合っていたという仲ではなかったのですから。最後に会ったのは出版社が企画した対談でした。その時瀬戸内さんはいいました。

「佐藤さん、死んだら無になると思ってる?」

私は死後の世界を信じている者ですが、それを語ると面倒くさくなるので、「何いってるの、坊さんが私にそんな質問するなんて。私の方が訊くことでしょう」といってごま化してしまいました。その後で食事会があってゆっくり二人で話す機会がないままに別れてしまいました。瀬戸内さんの質問に対していい加減にあしらってしまったのがとても心残りです。彼女は死について私のような者の考えを聞きたがった。その気持が今痛切に胸に響きますが、しかし彼女は先輩として一足先にその世界を知ってしまったので、それはそれでいいのでしょう。私はそう思うことにします。

間もなく私もそちらへいきます。

（初出：「週刊朝日」二〇二一年十一月二十六日号）

今は亡き文学仲間から断筆後の暮らしまで

林真理子×佐藤愛子「すべて束の間の戯れ言」

ネットは見たことない

林　ご無沙汰しております。

佐藤　もうヨレヨレなんですよ。耳は遠くなってるし、目はよく見えないし、杖なしじゃ心もとないし。達者なのは口だけだったけど、そのほうも大分弱ってきてます。

林　何をおっしゃいます。相変わらずおきれいです。昔、田辺聖子先生の何かのお祝いの会のときに、佐藤先生、黒い羽織に真っ赤な口紅をつけていらっしゃって、スピーチなさったら、あまりの美しさにみんなが「お〜！」とどよめいたの覚えてますよ。

佐藤　林さんのホメ上手。ますますミガキがかかってきたわね。でも誰が聞いても頷くようなほめ方をしてちょうだいよ。

林 その田辺聖子先生も亡くなられて、去年は寂聴先生も亡くなって、ほんとに寂しいです。

佐藤 以前はね、私のまわりにはいっぱい、人がいたのよね。父や母、兄姉、友達とか先輩が囲んでた。それがいつか少しずつ減っていって、だんだんスカスカになって、唯一、頼りにしていた瀬戸内さんが消えたら、冥土の風がね、まっすぐに吹き付けてくるって感じですよ。

林 先生は九十八歳になられて、先生より年が上の作家の方、もういらっしゃらないですよね。

佐藤 下は、津村節子さんが五つ下だけど、そのあいだは誰もいないんじゃないかしら。

林 今日は、本当にありがとうございます。週刊朝日は百周年を迎えるんですが、その記念号にこの対談を掲載させていただきたいんです。

佐藤 それまでに私、死んでたらどうなるの(笑)。私は十一月が誕生月な

写真／朝日新聞出版

んだけど、誕生日をお祝いしてくれた人に「来年はもうない。今年が最後」っていったら、あなたは去年もそういってた、おとしも、って……。

林　いえいえ、これを読んだら、読者の方は喜ぶと思いますよ。佐藤先生、まだこんなに若くておきれいだということがわかって。

佐藤　林さんのホメ上手（笑）。

林　でも先生、去年雑誌で「さようなら」って書かれて……。

佐藤　もうろくなものが書けないの。断筆するなんて書いたものだから、もっと書けっていう手紙やら電話が来るんだけど、簡単にいうな、って怒りたくなるの。書くということを、サラサラとひとり言でもいってるように気らくに書いてると思うのか、ってね。いくら私でも、やっぱり世間さまに向かってモノいうときは、身を削ってますからね。もう削る肉がなくなって、骨にまできてるんですよ、これでも。人は生きるために身を削ってる。作家はその点、削ってるようには見えないんでしょうね。ノラクラして好き勝手をいってる気らくな奴のように見えてるのかな。

林　二十年前に『血脈』をお書きになったとき、この対談に出ていただきました。「私はこのあと『晩鐘』を書いて、そしたらもう死ぬと思います」とおっしゃっていたのに、そのあともずっとお元気で、しかもベストセラーをどんどんお書きになって、『九十歳。何がめでたい』（二〇一六年）は百万部を軽く超えたんですよね。

佐藤　不思議ですね。何が面白いんだろう（笑）。

林　先生じゃなきゃ書けないようなことが満載で、「ガタガタ言うな」とか「こんなことにこだわるほうがおかしい」とか。

佐藤　「うるせえな」とか（笑）。人は「ズバズバ言ってる」と思うかもしれないけど、私はこれがふつうなのね。

林　先生はネットの炎上なんかコワくないですよね。

佐藤　ネットっていうの、見たことないんです。見なければ、それで平和です。

林　ああそうか。そういう物書きがいちばん強いですよ。

佐藤　ネットみたいなものをいちいち気にしてたら、私なんか生きてこられなかったですよ。

本当は芥川賞のほうがよかった？

林　先生は、昔の作家はこうだった、ああだった、ってあまりお書きになりませんが、遠藤周作先生や北杜夫先生と仲がよかったんですよね。

佐藤　北杜夫さんは彼が学生のときからの友達です。

林　遠藤周作先生は、「灘中学に行っていたとき、甲南高等女学校にすごい美少女がいて、それが佐藤愛子さんだった」ってよく書いてらっしゃいましたよね。

佐藤　伝説みたいになっちゃってるけど、そういうのはたいていウソなんですよ。面白半分に言ってるだけです、遠藤さんが。

林　あら、そうなんですか。佐藤先生は川上宗薫さんともすごく仲よかったんですよね。

佐藤　ええ。私は『文藝首都』という古くさい貧乏同人誌の同人だったけど、川上さんは一匹狼というか、もう文芸雑誌に時々だけど作品が載るような作家になってました。私たちが『文藝首都』を出て『半世界』というグループを作った頃に、ひょっこり遊びに来たんです。とにかく文芸誌に小説が掲載されたというだけでも私たちにはたいへんなことでしたからね。次の集まりは川上宗薫が来る、というので皆緊張してたんですよ。そうしたらやって来た川上さんは、その頃、定時制の英語の先生をしてたんだけど、学生向きの他愛ないジョークをとばしたり、私の着てる洋服の生地がゴワゴワしているのを見て、そのゴワゴワでオッパイがあるかなきか、あいまいになるのがいい、とか、くだらないことばかりいうので、すっかり失望されてしまった。それから客分という形で参加するようになって、仲よくなったんですよ。

林　先生は出来の悪い弟みたいに川上さんをかわいがってらして、彼がセクシュアルな小説をお書きになって、女の人のことで先生に相談すると、先生にたしなめられたり怒られたりしながら、〝なついてる〟という感じが、すごく面白かったです。

佐藤　ハハハハ、〝なついてる〟というのは面白い表現ね。文学の力量では遥かに彼のほうが高いのに、なぜか私のほうが威張ってたの。でも、彼は何とも思っていなかったみたい。

林　先生の頃は、やっぱり純文学のほうが上という風潮があったんですか。

佐藤　そりゃもう強いわよ。芥川賞もらった作家はエンターテインメントは書きませんでしたね。たまに書く人がいると、「えっ……」と思ったものですよ。芥川賞のほうは純文学ですからね。直木賞はそれより格が落ちる。大衆相手という感じでした。芥川賞を受賞した作家が大衆的なものを書くと、「身をもち崩した」という感じがあってねえ。私は何も知らずにただ書きたいと思うものを書いていただけなので、純文もエンターテインメントも、そのチガイがよくわからなかった。

林　そうだったんですか。

佐藤　そのうち世の中が物質主義に染まってきて、丹波文雄とか田村泰次郎とか、大金持ちの作家が出てきて豪邸を構え、文壇的にも幅を利かすような風潮が出てきて。もちろん、私なんぞはどこまでいっても、小説雑誌のにぎやかしどころの立場でした。

林　先生が直木賞（『戦いすんで日が暮れて』一九六九年）をおとりになったとき、本当は芥川賞のほうがよかったんですか。

佐藤　いや、私はどっちだっていいんですよ。私は文学少女じゃなかったし、戦争中のふつうの娘だから、本なんか読んだことなかったんです。でも、結婚したら、亭主がモルヒネ中毒で。一緒にいてもこの先滅びることは見えていたから、私は別れたかった。でも母は、「あの子は別れたって何もできない」って心配して、母なりに「何をやらせればいいんだろう」って考えたみたいです。

林　ああ、お母さまが。

佐藤　そうなの。昔、私が亭主や姑の悪口を書いた手紙を父（作家・佐藤紅緑）が読んだときに、心配するよりも面白がっていたんです。私は中部地方の医者の家へ嫁に行ったんですが、地方と東京では価値観が根底から違いますから、まして私は作家の家育ちで世間の非常識が私の常識というあんばいなので、その不満やら悪口を父に書いて送ってた。父はそれを読んで、「悲痛な手紙のはずなのに、ちっとも悲痛ではない。面白い。愛子は嫁になんかやらないでもの書きにしたほうがよかったかも」なんていってたそうでね。母は、それを思い出した。考えれば考えるほど私は無能で嫁向きではなかったと気が付いて、小説家を目指したらどうか、という話になったんです。無謀な話ですよね。ためしに一つ書いたら、悪くない、面白い、ということになったんです。

林　それがきっかけだったんですね。

佐藤　その頃、作家を引退された加藤武雄先生が父と親交がおありになったので、その縁で加藤先生のところへ弟子入りしたんです。書くとなったらモリモリ書けるんですよ。それを加藤先生の所へ持っていく。先生は読んで「うまい、面白い。愛子さんは天才だ」といってくださった。私は舞い上がって、近いうちに雑誌に出られるような気持ちでした。先生の紹介状を持って、あちこちの雑誌社へ原稿を持っていく。一応、加藤先生の紹介状があるからすぐに読んでくれるんだけれど、感想はボロクソの連続でした。母は「大丈夫かいな、加藤さん。ボケてはるのとちがうか」といいだす始末。結局、その後『文藝首都』へ入ったんです。

林　『文藝首都』にいらしたとき、北杜夫さんが先生に「ああいう有名な作家をお父さんに持つと大変でしょうなあ」っておっしゃったとか。

佐藤　自分は斎藤茂吉の息子のくせしてね。そのとき私は何て答えたか。当時は茂吉大先生の子息とは知らなかったもので、トンチンカンなことをいったと思いますね。多分。

林　佐藤紅緑さんのお嬢さんってことは、隠してらしたんですか。

佐藤　べつに隠してたわけじゃないけれど、いう必要のないことですからね。佐藤紅緑といったって、それがどうした、ってくらいの存在になってましたね、父は。でも、加藤先生が『文藝首都』の主幹に「紅緑さんの娘がお世話になってるから、面倒見てやってくれ」という手紙をお書きになったので、それでわかっちゃったの。

林　先生は、お父さまの全盛期に生まれて、お父さまは「天使のような子だ」と言って抱き上げて、蝶よ花よとお育てになったそうですね。お子さんのころの写真を見ると、すごい振り袖を着てらして。

佐藤　すごいなんて……。普通の振り袖ですよ。

借金取りと一万円を半分コ

林　お母さまは女優さんですね。お母さまのことを書かれた『女優万里子』という小説がありますよね。私がすごく好きなのは「加藤大尉夫人」という短編で、ドラマにもなりましたけど、戦争中のふつうの女の子の気分を、あんなに正確にとらえた小説はないと思うんですよ。なんの取りえもない女の子が超エリートと結婚するんですよね。その夫が戦死したときの彼女の悲嘆が描かれていて、戦争文学の長編を読むよりも、はるかに当時の気分がわかりました。

佐藤　うれしいわ。私もあの作品がいちばん好きなの。私の友達がモデルなんですよ。

林　ご自身がモデルかと思ってました。さっきのお話にあった最初の結婚相手って、たしかお医者さんで、ものすごいお金持ちだったんでしょう？

佐藤　ものすごくない、ただの田舎の医院ですよ。

林　二番目のご主人はもっとお金持ちだったんですよね。

佐藤　お父さんがお金持ちだっただけです。息子は使い果たしました。その上に借金ダルマ。

林　ペンネームは田畑麦彦さんですよね。この方、財閥のお坊ちゃま気質で、みんなにお金をふんだくられて、先生だけが怒り狂ってて。それが「ソクラテスの妻」という小説になるわけですね。

佐藤　彼はまじり気のない文学青年。事業なんかやれるわけないのに、うぬぼれが強くて頭がいいと思ってるから、タカられる一方で、スッテンテンになっちゃって。

林　「君に借金を負わせるわけにいかない」と言って、形だけの離婚をしたと思ってたら、ご主人はさっさと結婚なさったんでしょう?

佐藤　あれはいっぱい食いましたね（笑）。私、わりとお人よしなんですよ。そうは見えないでしょうけど（笑）。あのときは、今も私が住んでいる家だって、四番抵当にまで入っていましたからね。借金取りはやってくる。電話はかかる。おまけに直木賞を受賞したものだから、そっちの電話もひっきりなし。いろんなことがいちどきにわーっときて、亭主はどこにいるのか、借金取りから逃げてるので、住所は不定なんですよ。子供は小学校二年でした。全く獅子奮迅という有様でしたね。

林　そんなときがあったとは……。

佐藤　ずっと後になって気がついたことは、私は戦争向きの人間らしいのね。そんな毎日を嘆くとか悲しむとかは全くなかったんですね。はり切って朝を迎える、という毎日でした。

林　さすがです。

佐藤　借金取りとも友情のようなものが生まれまして。一人でしょんぼり来る借金取りがいて、取り立てるのはたった十万円の金なんですよ。でも私の所には一万円足らずのお金があるだけ。本人は一万円でもいいからというんだけれど、それを渡したら、明日子供に学校へ持たせてやる修学旅行だったかの積立金がなくなる。椅子に向き合って、どうすることもできずにいると、その男が、ではすみませんが夜までここにいさせてくださいませんか、っていう。うちへ帰ると奥さんに叱られるので、せめて夜まで静かにしていたいというのでね。向き合って座ってるうちに、だんだん気の毒になってきた。女房を恐れる借金取り。三十枚の短編ができるワイと思ったりね。

林　何でも書くネタになる、と思ってしまうのは、作家ならではですよね。

佐藤　セッパ詰まったという感じがどうもないんですよ。たかが金じゃないか、と思ってしまう。なんだか滑稽になってくる。それで例の借金取りにはね、結局「この一万円を半分コしようじゃないですか。五千円、あなたにあげる。五千円でもあれば、奥さんもそうは怒らないんじゃないですか」っていったんです。「はあ……では、そういうことに」と彼がいったとき、私はしみじみ彼を気の毒に思いましたよ。ホント。抱きついてね、「ああ、吾がはらからよ……」といいたい気分でした。すべて人生勉強でした。人間勉強というか。この話は忘れません。その後あの借金取りはどうしているかしら。奥さんに叱られながら、元気でいるのかしらんと思います。

林　すごい話です。

佐藤　かと思うと、電話で散々毒づいた高利貸しのばあさんが、私が直木賞を受賞したニュースがテレビに流れたとたんに電話をかけてきて、「おめでとうございます！　よかったですねェ！」とオン鶏のように威勢よく叫んだこともよく思い出します。これで貸した金の取りはぐれはなくなった、と安心したのでしょう。みんな一所懸命に生きているのだな、とそのときも思いました。それなりに。この「それなりに」というところが面白いんですよね。

書かないというより書けない

林　そうですよね。話は変わりますが、先生のご日常を教えていただけませんか。ふだん何時に起きられるんですか。

佐藤　朝は九時です。八時ころ目が覚めて、一時間ぐらい考え事をして九時に起きる。早く起きたってすることないんだもの。

林　お散歩なさったりとかは？

佐藤　散歩って、コレという目的がないから嫌いなんですよ。歩きまわっても、いつ戻ればいいのか、それがわからない。際限なく歩いて、ヘトヘトになる。

林　よく、健康のために歩けって言いますけど。

佐藤　健康のためといわれることは、私はしないですね。じっと座ってます。

林　本を読まれたりは？

佐藤　この頃は読んでいるうちに小さい字が見えなくなるんです。手紙なんか書いてても、書いてるうちに見えなくなる。しばらく休んでまた書き始めるんです。目が悪いと生活に活気がなくなりますね。

林　テレビは？

佐藤　見ないです、ほとんど。

林　人と会ったりしないとボケるって言うじゃないですか。

佐藤　うん、ボケますね。もう大分きてます。

林　でも先生、ぜんぜんボケてなんかいませんよ。

佐藤　昔の話をしてるから。難しいことを覚えてるわけじゃないし。

林　お料理はご自分で？

佐藤　夕方にお手伝いの人が帰るから、そのあとは自分でね。食べたあとの茶わんも洗ってます。

林　ちょっと寂しいな、なんて思ったりしないですか。

佐藤　いや、気楽でいいな、と思いますよ。一人が好きなんです。わがまま者は一人がいちばんいいわ。気に障ることがないから。

林　断捨離なんて「フン！」って感じですか。

佐藤　わりとケチだから、捨てるのはイヤですね。

林　私の母が先生の年のときは、もう寝たきりでしたよ。百一歳まで生きましたけど、「バチが当たって長生きした」とか言って。

佐藤　ほんとに、私もバチが当たったと思う。生きてるだけで、なんにもできないもの。百一歳は大変ねえ。「ご苦労さま」と言いたいわ。九十八でもヘトヘトなのに。

林　でも、このあいだまで書いてらしたって、本当にすごいです。

佐藤　書くったって、あなたみたいにいろいろ取材するわけじゃないし。相変わらず忙しく跳びはねていらっしゃるでしょ。一体いつお書きになるの？

林　合間合間ですね。対談の時間まで書いて、近くの出版社に持っていくとか、そういう離れ業をやりながら生きてます。

佐藤　私も昔は、飛行機の中とかテレビ局の待合室とか、いたるところで書かないと間に合わなかったわ。でも、あなたはそれ以外にもいろいろやってるでしょう。なんでそんなに体力があるの？
佐藤　すごく食べます。
林　やっぱり食べなきゃダメね。
佐藤　先生、今日はお一人ですけど、秘書の方はいないんですか。
林　いませんよ、うちは秘書なんて。これまでもそう。
佐藤　電話のご対応なんかは……。
林　自分で出てますよ。
佐藤　「眞子さんのことどう思いますか。コメントください」とか、ああいう取材の電話は面倒くさいという感じですか。
林　いや、面白いですよ、からかうと（笑）。アメリカで、野球ですごく打ってる人がいるでしょう。
佐藤　大谷翔平選手ですね。
林　このあいだ、「大谷さんのお嫁さん、どんな人がいいと思いますか」って電話がかかってきたから「こたつでミカンの皮をむきながらしゃべるようなことを言うほど私はヒマじゃない」って言ったの。「そのとおり書いていいですか」って言うから、「いいですよ。どうぞ」って言ったんだけど、ボツになってましたね（笑）。

林　先生、昨日雑誌に眞子さんのことをお書きになっていましたね。でも、先生のお考えからすると、あまり皇室にはご興味をお持ちでないのかと思っていました。

佐藤　そんなことはないですよ。私たちの世代というのはね、「天皇陛下は神」という思想を子どもの頃からしみこむように教えられてきましたからね。小学校の教科書の「我ら国民九千万は天皇陛下を神とも仰ぎ、親とも慕いてお仕え申す」って文言、今でもすらすら出てきます。

林　ええ。

佐藤　今の人はそういう教育を受けていないから、皇室に対して非常に冷静に見ることができるけど、私たちの世代は、しみこんでます。とくに私、昭和の天皇陛下をとても懐かしく思うのよ。いま、皇室のことについて、みんな論理的に話すけれど、懐かしいとか、情緒的に皇室のことを思うのは、我々の世代が最後なんじゃないかしら。

林　ああ、そうかもしれませんね。

佐藤　思い出すのは戦後、一年もたたないうちにメーデーがあったの。そのときに共産党の人が、「朕はタラフク食ってるぞ」と書いたプラカードを掲げて歩いた、というのを新聞で読んだんです。そのとき私は、本当にもう愕然としましてね。たしかに、当時の国民は、食べるものもなくて、敗戦国のいちばんみじめな時代を経験していたんですよ。だけど、それまでの日本人だったら、「我々は食べなくても、天皇陛下は食べていらっしゃるだろうか」と心配していた。それが、戦争に負けると同時に、考え方がひっくり返ってしまったんです。痛切に敗戦を感じたときでした。

林　そんなことがあったんですね。先生、お書きになるのは大変な仕事ということは、重々理解していますが、それでも先生の作品を愛読する者のひとりとして、もう一回原稿用紙の前にすわっていただけたらと……。

佐藤　そうねえ。でもね、もう書かないというより、書けないんですよ。肉体が動かなければ書けないのが当たり前なんだけど、例えば口なんかはペラペラしゃべるから、元気そうで書けると思うらしいのね。だけど、口で書いてるんじゃない。簡単にわかりやすくいうと、アタマと手で書いているんだから。林さんなら、おわかりと思うけれど。集中力がなくなったらダメ。そんなこといわないで書いてくださいよ、っていわれるけど、簡単にいうなっていいたくなる。それで書くのを断念することになったんですよ。

林　そうだったんですね。

佐藤　体が思うように動かなくなったら、我々凡人はもう死んでもいいわ、と受け入れる気になっていくんですよ。若いうちは、自分の好きなようにいろんなことができるからこの世にいたいわけだけど、何にもできないのにいてもしょうがないでしょう。それで、少しずつ諦めていく。そうやってだんだん死を容認し、迎え入れる気になるんだと思うのよ、人間は。だから死ねるの。うまくできてるのよ。衰えなければ、なかなか死ぬ気になれないでしょう？　そう考えると、死ぬのが嫌ではなくなってきたの。九十八まで生きたらね、すべて束の間の戯れ言ですよ。

林　奥が深いお言葉です。私、先生が少女小説をお書きになっていたころからずっと拝読してきました。今日はその佐藤先生にお目にかかれて、ほんとうにうれしかったです。

（初出：「週刊朝日」二〇二二年二月二十五日号）

「文庫化にあたっての後書き」にかえて

ある日の担当編集者との問答

――先生、今年もお庭の桜が見事な花を咲かせていますね。

「見事というよりは健気に頑張っています。ここ（東京・世田谷）へ来てから六十年は経つから桜も私も婆ァになり、何もかもすっかり『ババァの館』になりましたよ」

――先日お願いしました、後書きの原稿ですが……。

「それが書く気にならないものだからお渡しできないの。しゃべることなら、生来のおしゃべりのおかげでいくらでもしゃべるんだけど、字を書くのがどうにも億劫でねえ。机の上に原稿用紙を広げたまんま、ソレ見ただけで顔をそむけたくなるのよ。でも、ベッドの枕のそばにはメモ帳と鉛筆が置いてあるから、ふと思いついたことはすぐ書き留めているんです。それをやっとかないと、すぐ忘れてしまうんだから。そして思うのよ。私が死んだ後、お手伝いさんがそれを見て、ああこの人は眠りにつくまで仕事のことを考えつづけてたんだなァと思ってくれるのか。それともあわれと思うか、感心するか、なんて想像したり、次に書くべき文章を考えながら、そんなつまらんことが頭にひらめいている……」

——そのメモには新しいエッセイの種が詰ってるわけですか。

「詰ったまま屑籠行きということが多いですね。この頃はアタマが悪くなっているので、書いてる文章の方向がいいか悪いか自分でもよくわからなくなるんですよ。自分では衰えた、衰えたと思いつづけながら、だんだん深みにはまって行って、もう人さまに向って何か今は主張めいたことをいえる力はなくなって行っていることに気がついていて、その無力感が押し寄せるのを向う側に押し返し押し返ししながら書いているって感じです。やっぱり自分でも自分の書いたものを面白いと思えるようでなくちゃダメですね。若い頃は人が何をいおうとこれは面白いんだ、といううぬぼれというか、自信があって、その力でやってたような気がするんです。今は半分ヤケクソというか、アカン、もうアカンと思いながら書いている。もうここからは脱却できない深みに落ちていコいます。……けど書いている。

昔ならこんな愚痴のような話をしているうちに、もう書き出しの文章が出て来たものですよ。それが今は何も出て来ない。感性が半分死んでるのよ。感性が躍動しない。人の悪口なんか、もう何もいえないのが情けない。昔は冴え渡っていたものだけれどねえ……」

——以前のように、色んな人と会って怒ったり呆れたりしたら元気が出るかもしれません。老若さまざまな人の色ザンゲを聞くというのはどうですか。

「私が色ザンゲを書くとユーモア小説になってしまうわ、多分」

——いやあ、いいじゃないですか。叱咤激励の色ザンゲ。元気が出ますよ！

「例えば、最初の熱烈な恋愛で振られたもんだから、二度と恋愛をせず、女を憎むようになったなんて人は今はもういないかしら。その男の、今まで普通の生活の中では見えなかった、隠している人間性が見えてくるというようなエピソードを抱えている人が現れるといいんだけど。第一回は橘髙さん、あなたね。最近のことから過去に遡っていくと、忘れていたことも思い出すんじゃないかしら。あなた、そういう話、たくさんあるでしょう？　編集者なんだから、少しは身を切りなさいよ、人にばっかり切らせないで（笑）」

――先生のお役に立てるなら、もう喜んでザンゲします（というわけで、先生に問われるまま過去のことをあれこれ打ち明けたが……）。

「それじゃ面白くないね（と一刀両断）」

――（気を取り直して）昨年、百歳を迎えられた時に感慨を伺ったら、先生は「良くもなければ悪くもない。ただ、そうなった、という心境」とおっしゃいましたが、百歳はやっぱりめでたくはないですか？

「長く生きるっていうことはやっぱり大変なことだから、感慨があるのが普通なのかもしれないけど、私は別にないんですよ。ただ、一日一日が過ぎたっていう、それだけですね。私も若い時は、百まで生きたとしたら、その時はさぞかし感慨があるだろうと思っていたんですよ。その間に戦争をいくつも越えていますから。一番最初の満州事変が小学校二年生の時。それが軍国日本の始まりですからね。歴史を細かく書いていくと、大日本帝国が滅んだり、随分たくさんの波乱があったわけですが、その中を生きて来た人間にとっては要するにすべて日常のヒトコマヒトコマのつらなり、我慢のつらなり、自他との戦いのつらなり。よくスポーツマンなんかが『自分を褒めてやりたい』って言うでしょ。私、あれがおかしくてしょうがないの。自分を褒めてやりたいなんて言う人が目の前に来たら、私は返答に困るなと思う。『なるほどね』というのもおかしいしね」

――『九十歳。何がめでたい』で「いちいちうるせえ」という啖呵が話題になりましたが、最近「いちいちうるせえ」と思うことはありますか?

「もう、うるさいのに慣れました」

――『九十八歳。戦いやまず日は暮れず』でご自身の体調を「ヘトヘトの果」と綴られましたが、今はいかがですか?

「もうすっかり弱っていますよ。第一、耳が聞こえない。今日は補聴器を入れているからいいけど、入っていない時はほとんど聞こえないですからね。それだけでも大きいですよ。会話をしていても、おそらく頓珍漢な返事になっているんじゃないかなと、自分で思いながら話しているわけ。だから、何年も付き合っている人が来てくれると嬉しいですね。分かってくれてると思うから」

――九十八歳の時に「戦いやまず日は暮れず」と心境を表現されましたが、もう戦いは済んで、日も暮れたのでしょうか。それとも……。

「今はもう、消えかけた提灯下げて夜道を行く（笑）」

――百歳になった先生は、街灯ひとつない真っ暗な道を、提灯を頼りにおひとりで歩いていらっしゃると！

「『百歳の提灯』ってタイトル、面白いんじゃない」（と先生から新たな連載タイトル案が飛び出し話が広がるうちに日が暮れたのでありました）

（二〇二四年四月二日、東京・世田谷の自宅にて）

佐藤愛子　百年の〝戦い〟

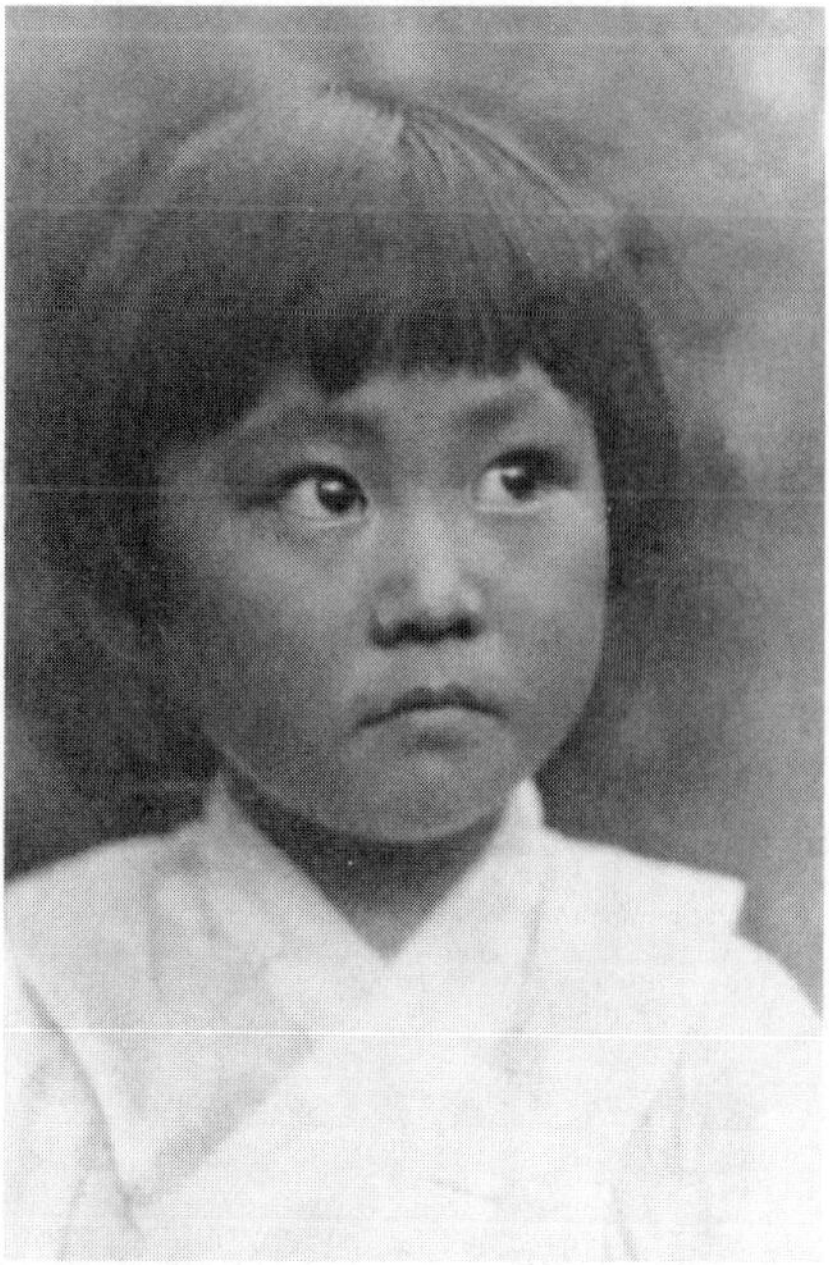

6歳の頃。「案外気に入っている」1枚
(以下、但し書きのない写真は佐藤愛子さん提供)

1923年　作家の佐藤紅緑（洽六）とシナ（元女優・三笠万里子）の次女として大阪府に生まれる。先妻との間に生まれた長兄・八郎は詩人のサトウハチロー。11月5日に生まれたが戸籍上は11月25日が誕生日

1936年　甲南高等女学校（現・甲南女子中高等学校）に入学

1941年　甲南高等女学校を卒業。東京・雙葉学園英語科に入学するが3か月で中退し帰郷。

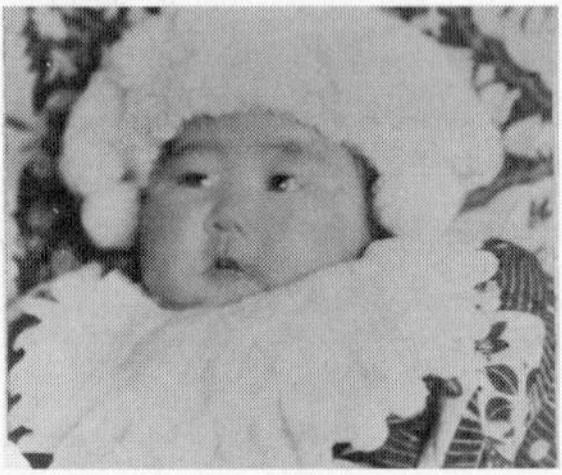

0歳。お宮参りの頃

5歳頃。両親、姉と

12月に太平洋戦争が勃発。この戦争で異母兄の弥が戦死。もう一人の異母兄・節は広島で被爆し亡くなった

1943年　陸軍航空本部の主計将校と見合いで結婚し、夫の任地、長野県で新婚生活を送る

1944年　長男誕生

1946年　復員した夫、長男とともに千葉県に転居。軍隊での腸疾患治療が原因で夫がモルヒネ中毒に

17歳頃。甲南高等女学校時代

19歳。女学校卒業の記念にお見合い写真として

１９４７年　長女誕生
１９４９年　父・紅緑が死去。夫と別居し東京世田谷区に移っていた実家に戻る。子供は夫の実家へ
１９５０年　「文藝首都」同人に
１９５１年　別居中の夫と死別
１９５６年　田畑麦彦と再婚
１９６０年　娘・響子誕生

37歳頃。娘・響子さんと

夫・田畑麦彦さんと

1963年　「ソクラテスの妻」「二人の女」が連続で芥川賞候補に

1965年　「加納大尉夫人」が直木賞候補に

1967年　夫の会社が倒産

1968年　夫と〝偽装〟離婚

1969年　夫の会社の倒産と借金、離婚の顚末を綴った『戦いすんで日が暮れて』で直木賞を受賞

40歳頃。娘・響子さんと

45歳。直木賞受賞

1972年　母・シナが死去

1973年　北海道・浦河に別荘を建築。以後、毎年夏に浦河で過ごすように

1979年　『幸福の絵』で女流文学賞を受賞

1989年　佐藤家の荒ぶる血を描いた大河小説『血脈』の執筆をスタート

1991年　孫・桃子誕生

50歳頃。別荘にて

浦河にて

2000年　『血脈』完成で菊池寛賞を受賞

2014年　最後の小説『晩鐘』を刊行

2015年　「九十歳。何がめでたい」連載をスタート。『晩鐘』で紫式部文学賞を受賞

2016年　『九十歳。何がめでたい』を刊行。『直撃LIVE グッディ!』(フジテレビ系)、『ゴロウ・デラックス』(TBS系)に出演

響子さんと

91歳。瀬戸内寂聴さんと

2017年　『徹子の部屋』（テレビ朝日系）に36年ぶりに出演。旭日小綬章を受章。『九十歳。何がめでたい』が年間ベストセラー総合第1位（日販・トーハン調べ）に

2019年　「毎日が天中殺」連載をスタート。『気がつけば、終着駅』を刊行

2021年　『九十八歳。戦いやまず日は暮れず』（「毎日が天中殺」を改題）と『増補版九十歳。何がめでたい』を

93歳。旭日小綬章受章

同時刊行

２０２３年　『九十歳。何がめでたい』の映画化（主演・草笛光子）が決定。『思い出の屑籠』を刊行。11月5日にめでたく１００歳を迎えた

２０２４年　『増補版　九十八歳。戦いやまず日は暮れず』を刊行。映画『九十歳。何がめでたい』が全国公開

自宅の書斎にて　写真／朝日新聞社

本書のプロフィール

本書は、二〇二一年八月に小学館より単行本として刊行された作品に、単行本未収録のエッセイや対談、インタビューなどを加えて文庫化したものです。

小学館文庫

増補版《ぞうほばん》 九十八歳《きゅうじゅうはっさい》。戦《たたか》いやまず日《ひ》は暮《く》れず

著者 佐藤愛子《さとうあいこ》

二〇二四年五月七日　初版第一刷発行

発行人 川島雅史

発行所 株式会社 小学館

〒一〇一-八〇〇一
東京都千代田区一ツ橋二-三-一
電話 編集〇三-三二三〇-五五八五
販売〇三-五二八一-三五五五
印刷所――――大日本印刷株式会社

この文庫の詳しい内容はインターネットで24時間ご覧になれます。
小学館公式ホームページ　https://www.shogakukan.co.jp

ISBN978-4-09-408372-9